Nikola Huppertz

Biete Bruder! Suche Hund!

Ebenfalls lieferbar: »Biete Bruder! Suche Hund!« im Unterricht
in der Reihe *Lesen –Verstehen–Lernen*
Bestellnr.: 44378
Kostenloser Download: www.beltz.de/lehrer

MIX
Papier | Fördert gute Waldnutzung
FSC® C089473

Dieses Buch ist erhältlich als:
ISBN 978-3-407-74353-4 Print
ISBN 978-3-407-74879-9 E-Book (EPUB)

Verlagsgruppe Beltz
Werderstraße 10, 69469 Weinheim
service@beltz.de

Neue Rechtschreibung
Gesamtausstattung: Michael Bayer
Druck und Bindung: Beltz Grafische Betriebe, Bad Langensalza
Beltz Grafische Betriebe ist ein Unternehmen mit finanziellem Klimabeitrag (ID 15985-2104-1001).
Printed in Germany
10 11 12 27 26 25

Weitere Informationen zu unseren Autor:innen und Titeln finden Sie unter: www.beltz.de

Nikola Huppertz

BIETE BRUDER! SUCHE HUND!

Mit Bildern von

Michael Bayer

GULLIVER

1. Kapitel, in dem es darum geht, dass Emil mir immer alles versaut und ich im Leben keinen Hund kriege

»Jaaaanne!« Die Wohnungstür donnert ins Schloss und ein Alukoffer landet scheppernd auf dem Flurfußboden. »Bist du fertig mit Hausaufgaben?«

Das ist Emil, mein Bruder.

Ich gucke auf meine Armbanduhr. Vierzehn Minuten hatte ich Ruhe vor dem kleinen Nerver. Ich will mich ja nicht beschweren, aber es hätte echt ein bisschen länger sein können. Wo ich gerade so gemütlich bastle!

»Dreckschuhe ausziehen«, kommt es aus Papas Arbeitszimmer, »und Hände waschen!«

»Ööh«, macht Emil im Flur, doch dann höre ich das Ratschen von seinen Klettverschlüssen.

Eben nach dem Mittagessen, als Mama noch mal zu so einem Studierdingsbums in ihrer Uni aufgebrochen war, hat Papa ihn in den Garten runterge-

schickt. Weil es so
schön frühlingshaft ist und
weil ich dann angeblich deutlich besser rechnen kann.

Ich hab das sehr praktisch gefunden und vorsichtshalber nicht erzählt, dass Frau Brömer uns heute gar nichts aufgegeben hat.

Oft hab ich das Kinderzimmer schließlich nicht für mich allein.

Emil hatte allerdings keine Lust rauszugehen. »Ist doch langweilig!«, hat er geschimpft, und na ja, so besonders ist der Garten hinter unserem Haus nun wirklich nicht. Nur ein Grasstück mit Plattenweg, der an den Mülltonnen vorbei zur Straße führt, und ein Beet voller Unkraut.

Aber Papa hat ein ganz geheimnisvolles Gesicht gemacht. »Ich dachte, du willst Geheimagent werden«, hat er ihm zugeraunt.

Das hat gewirkt.

Emil hat nämlich einen Agententick und kommt sich unheimlich toll damit vor.

Sofort hat er sich den Flohmarkt-Aktenkoffer mit seiner Ausrüstung geholt, Taschenlampe, Sonnenbrille, Plastikhandschellen und was er sonst noch alles hat, und ist auf Spährunde losgezogen. Aber jemanden zum Ausspionieren hat er wohl nicht gefunden, so fix, wie er wieder reingekommen ist. Oder der komische Herr Kutschenreuter aus der Wohnung über uns hat ihn vergrault, der taucht ja immer und überall auf.

»Sag mal, Janne!« Jetzt flitzt Emil strumpfsockig ins Kinderzimmer. »Bist du fertig? Woll'n wir was machen?«

Ich beuge mich über meine Hundebilder und tue so, als hätte ich nichts gehört. Manchmal, ganz selten, spielt er einfach allein, wenn ich nicht antworte. Playmo oder Lego oder eins von diesen merkwürdigen Jungsspielen, bei denen man nur »pchchch« und »bschschsch« und »hiiiuiiiuiii« versteht und die irgendwas mit Kämpfen zu tun haben und mit schnellen Autos und vermutlich mit einer Explosion nach der anderen.

»Jan-ne!« Emil stapft zum Schreibtisch und baut sich neben mir auf. »He, du machst ja gar keine Hausaufgaben!«

Ich schreibe »Husky« auf eine der Karteikarten, die ich mir von Mamas Studiersachen genommen hab, und klebe ein Bild von einem Schlittenhundgespann dazu. Leider geht eine lila Werbeschrift mittendurch, aber es ist trotzdem voll schön. Hunde finde ich nämlich sooo super, bloß kriege ich nie einen.

»Nee«, sagt Papa, wenn ich ihn danach frage. »Zwei reizende Kinder reichen mir völlig, mein Schatz, da kann ich mich nicht auch noch um einen Köter kümmern.« Dabei bräuchte er das ja gar nicht, das würde ich schon selber machen.

Und Mama meint, es ginge sowieso nicht wegen Emils kleinem Hundeproblem, und das müsste mir doch klar sein.

Ein ziemlich hoffnungsloser Fall also.

Emil drängelt sich an mich. »Was wird das?«, fragt er.

Ohne ein Wort nehme ich die nächste Karte, schreibe »Dalmatiner« und klebe das allerniedlichste Bild auf, das ich in unseren alten Zeitschriften gefunden hab, gestern Abend, als Emil schon geschlafen hat und ich noch ein bisschen aufbleiben durfte.

Mama und Papa erlauben mir zwar nur eine halbe Stunde länger und das ist natürlich popelig, wenn man bedenkt, dass ich schon fast neun bin und er gerade erst sechs. Aber immerhin.

»Hooah, du hast ja Schmalz in den Ohren!«, ruft Emil und grapscht sich die Huskykarte. »Ich hab gefragt, was das wi-hird?!«

»Wenn hier einer Schmalz in den Ohren hat, dann du«, fauche ich und reiße ihm die Karte wieder aus der Hand.

Heute klappt es nicht mit dem Schweigetrick, so viel steht fest. »Das wird eine Kartei.«

»Ui«, sagt Emil, »darf ich mitmachen?« Und schon hat er sich den Klebestift geschnappt und die Kappe abgezogen. Plopp.

Es ist typisch. Wetten, Emil hat keinen Schimmer, was eine Kartei überhaupt ist? Und nur, weil ich mir eine bastle, will er das jetzt unbedingt auch. Aber es wäre ja noch schöner, wenn der mir an meinen süßen Bildern rumkleistern würde! Und hinterher pappt womöglich alles zusammen! Nee, nee, das hier hab ich mir ausgedacht und das mach ich ganz allein. Basta.

»Dafür muss man lesen und schreiben können«, sage ich. Emil kommt im Sommer ja erst in die Schule und kennt sich mit Buchstaben noch kein bisschen aus, außer vielleicht mit dem E und dem M und dem I und dem L. »Und das Alphabet.«

»Ä-äh, muss man gar nicht!« Er tippt sich an die Stirn. »Ich kann ja wohl was aufkleben.«

»Aber keine Kartei anlegen«, sage ich. »Tut mir leid.«

Da schmeißt Emil den Klebestift gegen mein Puppenhaus.

»Du Blöde!«, ruft er. »Dann mach ich mir eben selbst eine. Aber nicht mit so langweiligen Hunden.

Eine mit Fingerabdrücken, das ist viel spannender.«

»Langweilige Hunde?« Ich pruste los. »Du hast doch bloß Schiss vor Hunden!«

Emil macht ein bitterböses Gesicht, denn darauf fällt ihm wohl nichts ein. »Pass auf, du«, sagt er nur und streckt zwei Pistolenfinger in die Luft. »Wenn ich ein Geheimagent bin ...«

O Mann, dieser Angeber! »Hoffentlich triffst du dann keine Hunde«, fauche ich ihn an. »Sonst pinkelst du dir noch in die Hose bei deinen tollen Missionen.«

»Du Blöde!«, ruft Emil wieder und witsch!, fegt er alle meine Bilder vom Schreibtisch.

Da sehe ich rot. »Duuu, duuu ...«, schreie ich. »Geh raaauuus!«

Und ich springe auf und jage Emil aus dem Kinderzimmer. Dummerweise fliegt er dabei hin und brüllt los wie ein Stier und eine Sekunde später steht Papa im Flur.

»Leute!«, stöhnt er. Und während er auf Emils Arm pustet, guckt er mich ganz stirnrunzelig an. Da weiß ich schon, was jetzt kommt. Hey, Janne, was soll der Mist ... Ich hör mir das jetzt schon die ganze Zeit an ... Ich weiß ja, aber ... Und wie alt bist du eigentlich?

Okay. Bitte sehr. Lass ich Emil eben wieder rein. Ich hab jetzt eh keine Lust mehr zu basteln. Eigentlich ist so eine Kartei ziemlich doof, wenn ich's mir recht überlege. Davon kriege ich auch keinen Hund. Das Einzige, was ich jemals bekommen hab, ist dieser lästige kleine Bruder. Und auf den hätte ich auch gut verzichten können.

2. Kapitel, in dem Herr Kutschenreuter mir einen Schreck einjagt, Philine Französisch spricht und ihre Mutter einen Einfall hat

Der Nachmittag ist gerettet, als Philine anruft und erzählt, ihre Cellostunde fällt aus. Ich weiß, man soll sich nicht freuen, wenn einer krank ist. Aber es geht echt nicht gegen ihren Cellolehrer, dass ich sofort gute Laune hab. Bei Philine bin ich einfach so gern!

»Ich hab mich noch verabredet«, rufe ich ins Arbeitszimmer, wo Papa wieder am PC sitzt und programmiert – oder auch nicht. Denn neben ihm steht Emil, bewaffnet mit einem Stempelkissen, und nimmt ihm Fingerabdrücke ab. »Mit Philine. Ja, Papa?«

»Bitte, bitte«, antwortet Papa wenig begeistert und drückt seinen linken Daumen auf eine von Mamas Karteikarten. »Das ist ja eine ganz große Liebe, wie mir scheint.«

Emil wedelt wild mit der Hand. »Warte aber, Janne«, ruft er. »Noooch sieben oder zwölf Minuten.«

Jaja, schon klar, auf wessen Finger er es als Nächstes abgesehen hat. Aber ohne mich! In null Komma nichts schlüpfe ich in meine Schuhe und reiße die Wohnungstür auf. »Huch!«, entfährt es mir da. Direkt vor meiner Nase steht Herr Kut-

schenreuter und betrachtet unseren halb verkümmerten Treppenhaus-Gummibaum.

Als hätte er sich genau in dieser Sekunde hierhergebeamt.

Zum Glück kommt Papa gerade aus seinem Zimmer geeilt. »Moment mal, Süße«, ruft er und rubbelt sich im Laufen mit einem Papiertaschentuch über seine schwarzen Fingerkuppen. »Zum Abendbrot bist du wieder zurück, okay? Und benimm dich bei diesen Luxusleuten, sonst denken die noch – oh, Tag, Herr Kutschenreuter! Immer was los hier, was?«

Herr Kutschenreuter verzieht keine Miene. »Der Ficus elasticus muss gedüngt werden«, sagt er nur mit seiner etwas sonderbaren hohen Stimme und verschwindet nach oben.

»Ficus elasticus«, sagt Papa. »Alles klar.« Und er grinst schief.

Aber ich finde diesen Nachbarn richtig ein bisschen unheimlich.

In dem Augenblick taucht Emil schwer bepackt hinter mir auf. »Menno, Janne!«, schimpft er und klappt das Stempelkissen auf. »Ich wollte dir doch ...«

»Leider keine Zeit!«, rufe ich und galoppiere los. Mit Karteien mag ich heute nichts mehr zu tun haben. Soll sich Emil ruhig mal überlegen, warum.

Das erste Gute bei Philine ist das Haus. Im Vorgarten gibt es einen Quellstein mit weißen Kieseln drumrum und überhaupt sieht alles unheimlich vornehm aus. Das zweite Gute ist, dass Trinchen mir entgegenwackelt, sobald die Tür aufgeht. Trinchen ist Philines Rauhaardackelin und schon eine richtig alte Dame. Früher hat sie irgendeiner Großtante gehört, aber als die ins Altersheim gekommen ist, durfte Philine sie übernehmen, die Glückliche.

»Braver Hund!«, sage ich und kraule Trinchen hinter ihren graubraunen Schlappohren. Sofort streckt sie sich auf der Fußmatte aus und schnauft zufrieden.

»Diese faule Oma«, sagt Philine zärtlich. Dann zieht sie mich in ihr Zimmer. Und das ist das dritte Gute. Philine muss sich ihr Zimmer nämlich mit niemandem teilen. Erstens gibt es sowieso mehr als genug Platz bei ihr zu Hause und zweitens hat sie gar keine Geschwister. So ungerecht geht es zu in der Welt.

»Ich kann jetzt Französisch«, verkündet sie und lässt sich in ihren Sitzsack plumpsen. »Achtung!« Sie räuspert sich. »Bonjour! Y a t'il des crêpes?«

»Boah!« Ich setze mich im Schneidersitz auf den flauschigen Teppichboden. »Was heißt das?«

»Ob es hier Crêpes gibt. Hat Mama mir für Paris beigebracht.« Sie kichert. »Klingt affig, oder?«

Ich seufze. Das ist noch so was, womit Philine es gut hat. Ihre Eltern machen immer voll die tollen Sachen mit ihr! Essen gehen und sonntags in den Harz zur Sommerrodelbahn fahren oder bei schlechtem Wetter ins Spaßbad und jetzt diese Reise nach Paris. Mal eben so. Bloß weil übermorgen Christi Himmelfahrt ist und wir vier Tage schulfrei haben. Und was sie dort alles vorhaben! Auf den Eiffel-

turm steigen und mit dem Schiff auf einem Fluss fahren, der Seine heißt, und an einem Tag wollen sie sogar ins Disneyland.

»Was macht ihr eigentlich in der Zeit?«, fragt Philine.

Ich seufze wieder. »Nix Besonderes. Mama muss lernen und Papa muss auch dringend was fertig kriegen. Seit Mama wieder zur Uni geht, schafft er seinen Programmierkram immer erst auf den letzten Drücker.«

»Bisschen chaotisch, deine Eltern«, stellt Philine fest. »Aber ist ja ganz gut, wenn deine Mutter ihr Studium endlich mal zu Ende macht. Vorher hat sie doch bloß noch rumgestöhnt, weil sie es schon so lange unterbrochen hat. Seit sie dich gekriegt hat, oder?«

»Ja klar, nur ...«, ich male mit dem Fingernagel eine Spirale in den Teppich, »davon wird das lange Wochenende auch nicht aufregender.«

»Du hast ja noch Emil«, sagt Philine tröstend. »Mit dem kannst du doch spielen.«

»Hör bloß auf!«, rufe ich. »Der nervt mich nur von morgens bis abends mit seinem Geheimagentenquatsch.«

In dem Moment klopft es und Philines Mutter kommt mit einem Tablett ins Zimmer, darauf stehen zwei Gläser O-Saft und ein Teller mit Waffelröllchen. Das müssten Mama und Papa sehen! Die finden immer, ich bin alt genug, um meinem Besuch selbst was anzubieten. Nur bei Emil passen sie noch auf, der futtert sonst unsere ganzen Süßvorräte leer.

»Nanu! Was zieht ihr denn für Gesichter?«, fragt Philines Mutter und stellt das Tablett auf den Schreibtisch.

»Janne ist sauer, weil sie übers Wochenende nicht wegfährt«, erklärt Philine.

»Oh«, sagt ihre Mutter und lächelt mich an. »Hier kann man doch auch viel unternehmen.«

Ich sage gar nichts, sondern locke Trinchen, die hinter ihr her ins Zimmer getappt ist, auf meinen Schoß. Es ist mir immer total peinlich, wenn andere Leute über mich reden.

»Sie hat aber auch sonst nichts Gutes vor«, fügt Philine hinzu. »Ihre Eltern haben gerade so viel zu tun.«

Angestrengt streichle ich über den Dackelkopf und probiere, mich spontan in Luft aufzulösen. Aber offenbar klappt das nicht, denn Philines Mutter guckt die ganze Zeit zu mir rüber und beobachtet, wie Trinchen mir mit ihrer rosa Zunge die Hand abschleckt.

»Ich hätte da eine Idee«, sagt sie nach einer Weile. »Natürlich nur, falls es deinen Eltern recht ist, Janne.«

Und plötzlich fängt mein Herz wie verrückt an zu puckern.

3. Kapitel, in dem ein Paradiesvogel über Philines Dach fliegt und Mamas Völkerkunde durch unseren Garten und in dem alle gegen mich sind

Normalerweise kann ich gar nicht lang genug bei Philine bleiben. Wir haben es immer so lustig und spielen so gute Sachen! Aber heute kommt es mir ewig vor, bis es endlich Abend wird.

»Ich muss jetzt gehen«, sage ich gegen Viertel vor sechs, als wir in Philines Strandmuschel hocken, die wir uns im Garten als Tierforscherinnencamp aufgebaut haben.

»Jetzt schon?«, ruft Philine enttäuscht.

»Guck doch mal da, ein … ein Paradiesvogel!« Sie reißt sich das Fernrohr von ihrem alten Piratenkostüm ans Auge und starrt in die Fliederbüsche, in denen es aufgeregt piept und raschelt. »Oh! Ah! Auf den Tag warte ich schon seit zwanzig Jahren.«

»Nee, du, Spielstopp!« Ich zupfe an ihrem Ärmel. »Mama kommt gleich aus der Uni, weißt du? Dann kann ich sie und Papa sofort fragen. Wegen Trinchen.«

Philine lässt das Fernrohr sinken, legt die Hand an die Stirn und guckt einem Spatz nach, der aus dem Flieder geflattert ist und sich in Richtung Hausdach davonmacht. »Sei dir bloß nicht so sicher, dass deine Eltern das mit dem Hundesitting erlauben«,

erwidert sie. »Meine Mutter weiß ja nicht, dass Emil Bammel vor Hunden hat. Sonst hätte sie dich bestimmt nicht gefragt.«

»So schlimm ist das gar nicht«, murmle ich und spüre, wie ich ungefähr so rot werde wie die Pofedern eines Paradiesvogels. »Und Trinchen ist ja eine ganz Liebe. Mama und Papa finden es bestimmt gut, sie ein paar Tage bei uns zu haben, damit Emil sich endlich mal an Hunde gewöhnt. Meinst du nicht?« Ich gucke Philine bittend an.

»Sei dir bloß nicht so sicher«, sagt sie wieder. Aber dann kriecht sie aus der Strandmuschel. »Na, komm, ich geh ein Stück mit. Trinchen muss noch mal raus, auch wenn sie um diese Zeit garantiert keine Lust mehr hat.« Philine läuft zur Terrasse, wo Trinchen in der Spätnachmittagssonne döst, und knuddelt sie wach. Dann holt sie die Leine und drückt sie mir in die Hand. »Willst du, Janni?«

Mir wird es ganz warm.

Das Allerbeste bei Philine zu Hause ist Philine selbst. Sie ist wirklich die netteste Freundin der Welt. Ein Glück, dass sie heute nicht Cello spielen musste!

Ich treffe Mama auf dem Plattenweg hinter unserem Haus. Wenn schönes Wetter ist, steht immer die Hintertür offen und kein Mensch benutzt den normalen Hauseingang.

»Du musst mir was erlauben, Mama«, rufe ich und schlinge meine Arme um ihren Bauch. »Bitte, bitte sag ja!«

»Vorsicht!«, sagt Mama, aber da rutscht schon ein ganzer Stapel Fotokopien aus einem Ordner unter ihrem Arm. »Hach, Janne, Mensch! Jetzt hilf mir mal schnell aufsammeln, bevor alles wegfliegt.«

Ich beiße mir auf die Lippen und jage hinter den Zetteln her, die der Wind über den ganzen Rasen weht. So ein Mist aber auch! Das ist kein guter Anfang, um Mama auf einen Pflegehund einzustimmen.

»Studienunterlagen?«, fragt da eine hohe Männerstimme. »Völkerkunde, liege ich richtig? Leider schlechte Berufsaussichten.«

Ich fahre herum. Vor dem Fahrradunterstand steht Herr Kutschenreuter mit einer Fotokopie in der Hand und liest. An den Hosenbeinen hat er neongelbe Klettbänder und auf dem Kopf einen Fahrradhelm mit Blinklicht.

Mama stellt den Fuß auf ein Blatt Papier und stemmt die Hände in die Hüften. Doch gerade als sie den Mund aufmachen will, bückt sich Herr Kutschenreuter und hebt einen zweiten Zettel auf. Und dann noch einen und noch einen und immer so weiter, bis wir den ganzen Stapel beisammen haben.

»Danke schön«, brummelt Mama.

Herr Kutschenreuter nickt und geht mit wippenden Schritten zum Fahrradunterstand zurück. Offenbar lädt er da was aus seinem Anhänger, in den nie einer klettern darf, weil er sonst vielleicht hässliche Macken kriegt.

»Komm, Janne«, sagt Mama energisch und zieht mich ins Treppenhaus. »So, und jetzt schieß los, du wilde Hummel! Worum geht's?«

»Äh, das hat sich Philines Mutter ausgedacht«, antworte ich vorsichtig.

»Soso. Philines Mutter.« Mama zieht eine Augenbraue hoch. »Was hat die gute Frau sich denn ausgedacht?«

»Du kennst doch Trinchen, oder?«, murmle ich. »Philines Dackel?«

»Mamaaa!«, schallt es da zu uns runter. »Haaallo! Ich brauch Fingerabdrücke von dir.« Und im nächsten Moment kommt Emil uns entgegengepoltert.

»Solche Leute können sich doch wohl eine Hundepension leisten, wenn sie in Urlaub fahren«, sagt Papa beim Abendbrot. »Für die ist das doch ein Kinkerlitzchen.«

»Du verstehst das nicht!«

Ich stochere meinen Zeigefinger durch eine Scheibe Gouda. »Eigentlich sollte Trinchen ja in eine Pension. Das ist doch jetzt nur, damit ich auch mal einen Hund hab.«

»Darüber haben wir eigentlich schon oft genug gesprochen«, sagt Mama. Sie trinkt einen Schluck Tee und wirft mir über den Tassenrand einen bedeutungsvollen Blick zu.

Und da lässt Emil auch schon seinen Löffel voll Erdbeerjoghurt sinken. »Ich will aber nicht, dass Janne einen Hund kriegt!«, ruft er. »Hunde sind doof! Die können beißen.«

»Spinnst du? Trinchen beißt doch nicht«, fauche ich. »Die ist schon ganz alt und voll lieb.« Und ich haue meine Zähne in die durchlöcherte Käsescheibe.

»Ich will das trotzdem nicht«, jammert Emil. »Mama, sag Janne, dass sie keinen Hund ...«

»Es ist ja nur für vier Tage«, falle ich ihm ins Wort. »Von Donnerstag bis Sonntag. Und ich geh ganz viel mit ihr nach draußen. Das wirst du doch wohl aushalten, du Schisser!«

»Janne!«, sagt Mama streng. »So was will ich nie wieder hören. Bei uns wird niemand geärgert, weil er sich vor etwas fürchtet, klar? Das gibt sich schon irgendwann.«

»Ich find das auch nicht in Ordnung«, sagt Papa. »Heute Nachmittag hat es echt schon gereicht mit diesen Sprüchen. Das hättest du mal hören sollen, Sonja!«

Na, toll! Verbündet euch nur alle gegen mich!

Was ich mir immer für saublöde Sprüche von dem armen, kleinen Emil anhören muss, interessiert ja keinen.

Ich bin schließlich alt genug, um darüber hinwegzuhören. Pah!

»Darf ich Trinchen jetzt?«, frage ich kämpferisch.

Mama und Papa gucken sich an.

»Darf sie nicht, oder?«, fragt Emil.

Da legt Mama ihre Hand auf meinen Arm. »Du musst das doch verstehen, Janne«, sagt sie. »Wir ...«

Weiter höre ich gar nicht erst zu. »Ihr seid so gemein!«, schreie ich und knalle meinen Stuhl auf den Boden. »Nie darf ich was! Immer macht ihr nur, was Emil will. Da hab ich ja lieber Schule als so ein Scheißwochenende ohne was!«

»Jetzt bleib doch mal hier«, ruft Papa und will hinter mir herlaufen, aber Mama hält ihn fest.

»Lass sie in Ruhe, Alexander«, höre ich sie noch sagen.

Dann knalle ich die Kinderzimmertür hinter mir zu.

4. Kapitel, in dem ich einen Plan schmiede

Abends liege ich oben auf dem Doppelstockbett und denke nach. Nicht mal von Emil lasse ich mich stören, der in seinem ausgeleierten Frotteeschlafanzug auf dem Boden rumkriecht und Selbstgespräche führt, für seine Verhältnisse übrigens ziemlich leise.

»Du, Janne«, sagt er mit einem Mal, »ich hab alle deine Hundebilder aufgehoben.«

»Schön für dich«, erwidere ich und betrachte weiter die Zimmerdecke.

Etwas später kommt Mama, um ihn ins Bett zu bringen. »Geh doch schon rüber ins Wohnzimmer«, sagt sie zu mir. »Dann machen wir uns gleich noch ein nettes halbes Stündchen.«

»Bin beschäftigt«, brumme ich.

»Ach, Kind!«, seufzt Mama und schüttelt Emils Bettdecke aus.

Nachdem sie ihm ein Kapitel aus dem »Sams« vorgelesen hat und ich fast gar nicht zugehört, sondern nur immer gegrübelt hab, kommt auch noch Papa zum Gute-Nacht-Sagen.

»Schlaf gut, Herr Agent«, sagt er und gibt Emil einen Schmatzer. »Nach diesem arbeitsreichen Tag! Du hast ja heute Nachmittag Fingerabdrücke gesammelt wie ein Profi.«

»Ich hab jetzt die von fast allen Leuten aus dem Haus«, sagt Emil stolz. »Nur ... nur von Janne noch nicht. Und von Herrn Kutschenreuter. Der wollte sich nicht die Finger vollschmieren, der blöde Heini.«

Papa lacht laut auf. »Bei manchen Typen ist es wohl besser, man checkt sie nur klammheimlich ab«, sagt er. Dann steigt er ein Stück die Leiter hoch. »Na, mein Mädchen, sag bloß, du gehst auch schon schlafen?«

»Ich schlafe nicht, ich denke«, sage ich und drehe mich zur Wand.

»Oha, ich hoffe, es sind freundliche Gedanken.« Papa streicht mir über die Haare. »Trotzdem schon mal gute Nacht. Und Zähneputzen nicht vergessen!« Er wartet noch kurz, aber als ich nichts mehr entgegne, geht er.

Unter mir wühlt Emil sich im Bett zurecht.

»Janne«, sagt er schläfrig, »bist du immer noch sauer? Weil du den Hund nicht darfst?«

Genau in dem Moment weiß ich, wie ich es mache. »Ist ja jetzt egal«, antworte ich. »Lässt sich eh nicht mehr ändern.«

»Du kannst doch mit mir ...«, murmelt Emil. Seine Bettdecke raschelt ein letztes Mal, dann ist es still.

Ich klettere die Leiter runter und husche aus dem Kinderzimmer. Zähne putzen. Und mich noch ein Weilchen ins Wohnzimmer setzen. Wäre ja noch schöner, wenn nicht!

5. Kapitel, in dem Frau Brömer die SOS-Ruheglocke läutet, Papa beim Kochen weint und Emil ans Telefon geht

»Sehr cool, dass du Trinchen übernimmst«, sagt Philine am nächsten Morgen, als Frau Brömer den Klassenraum aufgeschlossen hat und sich noch alle unterhalten. »Ehrlich gesagt hab ich gedacht, deine Eltern machen Stress.«

»Haben sie ja auch ein bisschen«, sage ich unbestimmt. Das einzige Blöde an meinem Plan ist, dass ich Philine nicht einweihen kann. Schließlich geht es um ihren eigenen Hund!

»Erzähl!«, sagt sie und nimmt schon mal vorab den Inhalt ihrer Pausendose unter die Lupe.

»Also, sie ...« Ich zögere. »Ich muss mich eben ganz allein um alles kümmern. Gassigehen und so weiter«, sage ich dann. Und das ist die reine Wahrheit! Mit Trinchen wird mir niemand helfen, so viel steht fest.

»Na, wenn sie sooo dolle beschäftigt sind.« Philine verdreht die Augen. »Aber was ist denn mit Emil und seiner Hundeangst?«, fragt sie und beißt in ein Stück Apfel.

»Ach, das.« Ich zucke die Achseln. »Der hat sich natürlich nicht gerade gefreut.«

»Und das war deinen Eltern egal?«

Ich überlege. »Mama glaubt, seine Angst gibt sich schon irgendwann«, sage ich dann. Stimmt ja auch. Hat sie gesagt.

Philine nickt und kaut und schluckt. »Kann gut sein, wenn er Trinchen erst mal richtig kennenlernt.«

In dem Moment steht Frau Brömer vom Lehrertisch auf. »Meine Herrschaften!«, ruft sie. »Ihr habt euch sicher hochwichtige Dinge vor diesem langen Wochenende zu erzählen ...«

In der Klasse wird es kein bisschen leiser, im Gegenteil.

»Ich richte meinen Eltern dann aus, dass sie das mit der Hundepension abblasen können«, sagt Philine und schiebt sich seelenruhig ein neues Stück Apfel in den Mund.

»Is' gut«, seufze ich erleichtert. Philine hat kein

bisschen Lunte gerochen und anlügen musste ich sie zum Glück auch nicht richtig. »Bei mir hat Trinchen es eh viel schö…«

Ich fahre zusammen. Ungefähr drei Schritte von mir entfernt bimmelt Frau Brömer mit unserer SOS-Ruheglocke, als wollte sie mit uns »richtiges Verhalten bei Feueralarm« üben.

»Bitte trotzdem alle Gespräche auf die Pause vertagen!«, ruft sie. »Und das Essen ebenfalls.«

Philine klappt brav ihre Frühstücksdose zu. »Ich freu mich ja so für dich, Janni«, flüstert sie noch.

»Danke.« Ich lächle sie an.

Für Philine macht es doch gar keinen Unterschied, was Mama und Papa mir erlauben und was nicht. Hauptsache, ich sorge gut für ihre Dackelin. Und darauf kann sie Gift nehmen.

Als ich nach Hause komme, schnippelt Papa einen Riesenberg Zwiebeln und sieht schon ganz verheult aus. »Wer von euch zwei Süßen mag mir denn mal helfen?«, schnieft er. »Der Flammkuchenteig müsste noch mal durchgeknetet werden.«

»Kann nicht«, sagt Emil, der auf der Küchenfensterbank hockt und in den Garten runterguckt.

Sein Kindergarten hört leider eine halbe Stunde eher auf als meine Schule, und deshalb ist er immer schon vor mir zu Hause. »Da unten ist Herr Kutschenreuter und guckt sich dauernd so um. Den muss ich abchecken, hast du selbst gesagt, Papa.«

Papa wischt sich über die Augen. »Ach du je, hab ich das?«, schmunzelt er. »Und du, Janne? Bist du auch im Einsatz?«

»Au ja!«, ruft Emil. »Wir beide, Janne, ja?«

»Nix da, Papa braucht Hilfe«, wimmle ich ihn ab und ziehe unser kariertes Küchentuch von der Rührschüssel.

»Oooh!«, ruft Emil enttäuscht und Papa wirft mir einen Blick zu, den finde ich ziemlich undankbar. Aber dann rutscht Emil von der Fensterbank. »Jetzt isser drinnen. Ich muss woanders weitergucken.« Und ssst!, ist er aus der Küche verschwunden.

Ich bohre meine Finger in den fluffigen Hefeteigbatzen und knete drauflos. Doch plötzlich macht mein Herz einen Stolperer. Telefon! »Ich geh dran!«, rufe ich, nur leider kriege ich die Teigfetzen nicht schnell genug von den Fingern gefummelt, und als ich in den Flur hechte, hat Emil schon abgehoben.

»Nee«, sagt er gerade und klettert auf seinen Badezimmerhocker, den er vor der Wohnungstür aufgestellt hat. »Die ist noch in der Uni.«

»Emil?«, ruft Papa aus der Küche. »Wer ist denn da?«

»Frau Dingsbums«, antwortet Emil und linst durch den Türspion. »Die Mama von Jannes Freundin.« Dann sagt er in den Apparat: »Nee, der kann auch nicht. Der kocht und weint dabei die ganze Zeit. Lustig, oder?«

»He!«, protestiert Papa. »Ich komm ja schon.«

Da warte ich nicht länger. Ich reiße Emil das Telefon aus der Hand und renne ins Kinderzimmer. »Hallo?«, japse ich.

»Janne, bist du das?«, fragt Philines Mutter leicht irritiert. »Philine hat erzählt, dass du unser Trinchen versorgen darfst, und ich möchte gerne mit deinen Eltern absprechen, wann wir es morgen früh vorbeibringen. Aber wenn es ungelegen ist, kann ich auch später noch mal …«

»Nee, nee, Sie können das ruhig mit mir regeln«, sage ich. »Meine Eltern – die haben sowieso die ganze Zeit zu tun.«

Philines Mutter schweigt einen Moment. »Na gut«, sagt sie dann, »du richtest ihnen ja alles aus, nicht wahr?«

»Logisch.«

Ich stemme mich gegen die Tür, damit Emil nicht reinplatzen kann. »Also, wie machen wir das mit Trinchen?«

Als ich wieder in die Küche komme, schiebt Papa gerade den Flammkuchen in den Backofen. »Was wollte denn Philines Mutter von mir?«, fragt er und verzieht das Gesicht.

»Ach«, ich winke ab, »eigentlich wollte sie mich sprechen.«

»Stimmt gar nicht!«, ruft Emil von seinem Wachtposten im Flur aus. »Mama oder Papa, hat die gesagt.«

Kann dieser Terrorzwerg nicht ein einziges Mal Ruhe geben?

»Was denn jetzt?«, fragt Papa.

»Äh, das war ihr ganz egal«, antworte ich. »Sie hat nur gefragt, ob wir zufällig einen iPod übrig haben, den wir Philine ausleihen können. Für die Reise.«

Papa starrt mich an. »Ob wir? Für Philine?« Er schmeißt die Backofentür zu. »Das meint sie ja wohl nicht ernst, oder?«

Ich dreh ihm den Rücken zu. Ist Papa doch selbst schuld, wenn ich ihn so blöd beschummeln muss! Er hätte mir Trinchen schließlich erlauben können. Außerdem findet er ja sowieso alles bescheuert, was mit Philines Eltern zu tun hat. Also bitte!

»Ich hab gesagt, wir haben keinen übrig«, brummle ich.

6. Kapitel, in dem ich Bluthund spiele, ein Dackeltipi baue und Mama mich groß und vernünftig findet

Nach dem Mittagessen klebt Emil wie Kaugummi an mir, dabei muss ich dringend Brötchen kaufen und mich um den Dachboden kümmern, wenn mein Plan funktionieren soll.

»Was machst du jetzt?«, quengelt er, kaum dass ich den letzten Bissen verdrückt hab. Nerv, nerv, nerv!

»Weiß ich noch nicht.« Ich gehe mit schnellen Schritten ins Kinderzimmer, aber Emil folgt mir dicht auf den Fersen. »Dann kannst du ja endlich bei mir mitmachen«, ruft er. »Du darfst auch meine Sachen benutzen. Da!« Und er knallt mir seinen Agentenkoffer haarscharf vor die Zehen.

»Jetzt lass mich doch mal in Ruhe damit«, motze ich ihn an und durchforste die Schublade mit meinem alten Kochspielzeug. »Ich hab keine Zeit für diesen albernen Kram.«

»Das ist kein alberner Kram. Und du hast gesagt, du weißt noch nicht, was du …«

»Ja-ha, mir ist aber jetzt was eingefallen.«

»Oah, was denn?« Emil kneift ärgerlich die Augen zusammen. »Hat das wieder was mit lesen und schreiben zu tun?«

»Vielleicht …« Ich grinse. »Vielleicht aber auch mit lebensgefährlichen Bluuuthunden. Grrr!« Und ich schnappe dicht vor seinem Gesicht in die Luft.

»Paaapa!«, kreischt Emil auf. Dieser Junge versteht ja überhaupt keinen Spaß. »Janne ärgert mich wieder.«

»Es ist nicht zu überhören.«

Papa steht schon im Zimmer. »Dann komm eben zu mir rüber, Emil. Bisschen computern, hm?«

Mir doch egal, wenn ich jetzt schon wieder die böse große Schwester bin. Das ist die Chance! »Und ich geh raus«, rufe ich und schüttle prüfend meine Spardose. »Mir was kaufen.«

»Keine schlechte Idee«, bemerkt Papa.

Auf dem Dachboden ist es bullig warm und es riecht nach Sägemehl und altem Krimskrams, voll gemütlich! Eine Million Staubpünktchen schweben im Sonnenlicht und legen sich wie Puderzucker auf die Balken, an denen leer und verlassen die Wäscheleinen rumhängen. In unserem Haus schleppt ja kein Mensch mehr seine nasse Wäsche die ganzen Treppen hoch, der Einzige, der ab und zu seinen Fuß auf den Dachboden setzt, ist der Schornsteinfeger. Na ja, und jetzt auch ich.

In einer rumpeligen Ecke finde ich Styroporplatten und ein paar zusammengeklappte Umzugskartons, die lehne ich an die Dachschräge wie ein Indianerzelt, ruckle sie zurecht, bis sie bombensicher stehen und das Einschlupfloch nicht zu groß und nicht zu klein ist, und verstaue innen drin schon mal eine Flasche Wasser und meinen dunkelblauen Puppenkochtopf als Trinknapf. Fehlt nur noch das Hundebett, ansonsten ist das Dackeltipi perfekt. Ich kann mir schon genau vorstellen, wie Trinchen morgen darin liegen wird. So süß!

Zum Schluss verstecke ich die Brötchentüte hinter einer dicken Rolle aus Glaswolle, dann öffne ich die Eisentür und flitze in Überschallgeschwindigkeit in unsere Etage zurück. Muss gar nicht erst jemand mitkriegen, wo ich mich die letzte Viertelstunde rumgetrieben hab! Doch gerade als ich mein Schlüsselband aus dem Pulli ziehe, sehe ich Herrn Kutschenreuter die Treppe hochkommen. Ich fliege fast in die Wohnung und atme tief durch. Es ist echt gruselig. Ich treffe doch auch nicht ständig die dicke, alte Frau Jacobi aus dem Erdgeschoss oder Marc und Felix, die unter uns wohnen. Aber Herr Kutschenreuter ist überall zugleich.

Fünf Minuten später kommt Mama nach Hause. »So«, sagt sie und steuert sofort die Kaffeemaschine an, »jetzt haben wir erst mal ein paar Tage frei.«

»Ich nicht!«, brüllt Emil, der immer noch bei

Papa im Arbeitszimmer hockt. »Ich muss immer alle abchecken.«

»Hu«, ruft Mama zurück. »Da kriegt man ja langsam Angst.«

Ich stöhne auf. »Er spinnt schon die ganze Zeit so rum.«

»Ach, Janne!« Mama löffelt einen kleinen Berg Kaffeepulver in den Filter. »Ist doch schön, wie Emil spielt.«

»Sehr schön«, sage ich bissig. Man merkt, sie muss sein Gequassel nicht den ganzen Tag ertragen.

Mama presst die Lippen zusammen und schnappt sich eine Keramiktasse aus dem Hängeregal. »Ist Philine jetzt eigentlich schon in Paris?«, fragt sie dann.

»Nööö«, antworte ich möglichst gleichgültig, »ich glaub, sie fliegt morgen Vormittag.«

»Wenn du mich fragst«, sagt Mama, »so eine Städtereise ist überhaupt nichts für ein Kind.«

»Nicht? Und das Disneyland?«

Sie seufzt. »Weißt du, Janne, man kann es auch einfach so schön haben. Ohne Mickymaus-Gedöns. Und sogar ohne – Hund. Meinst du nicht auch?«

»Ja-a.« Ich zupfe mir einen Fussel vom Pulli.

»Vielleicht schaffen wir es die Tage ja auch mal, einen Ausflug zu machen. Ich halt mich mit dem Lernen ran. Gut?«

»Och … musst du gar nicht. Ist schon alles o.k.«

»Du bist mir eine!« Mama verwuschelt mir die Haare. »Erst dieses Riesentrara und jetzt so bescheiden. Aber du bist eben doch schon groß und vernünftig, weiß ich ja.«

»Mmm.« Ich überlege, wie ich unauffällig das Thema wechseln könnte, aber da ist zum Glück schon der Kaffee fertig.

»Alexander? Emil?«, ruft Mama und balanciert ihre randvolle Tasse aus der Küche. »Hat euch der Computer narkotisiert?«

»Papa zeigt mir Bilder von einem berühmten Geheimagenten«, ruft Emil. »Der heißt … Wie heißt der noch mal, Papa?«

Ich streiche meinen Pulli glatt und gucke Mama nach. Groß und vernünftig, na super! Emil darf rumschwafeln und Papa vom Arbeiten abhalten und alles. Aber wenn ich mal was will, ist das gleich ein »Trara«. Kann ich was dafür, wenn ich die richtig guten Sachen dann eben heimlich machen muss?

7. Kapitel, in dem ich Papa ins Bett schicke, Emil in die Küche und Philine und ihre Eltern auf Reisen

»Huuuaha-ha-ha-haaa«, gähnt Papa am nächsten Morgen und blinzelt in den Flur. »Schon auf Achse, ihr Frühaufsteher?«

»Du kannst ruhig noch weiterschlafen«, sage ich.

»Ich und Janne, wir machen nämlich heute das Frühstück«, fügt Emil hinzu. »Stimmt's, Janne?«

»Jepp.« Ich nicke bekräftigend. Hab ich ja gleich gewusst, dass ich Emil damit kriege. Als der Wecker unter meinem Kopfkissen geklingelt hat, war er wie üblich schon wach und wollte gerade im Treppenhaus nach unbekannten Schuhabdrücken suchen. Doch kaum hab ich den Vorschlag mit dem Frühstück gemacht, hat er seine grüne Lupe in die Ecke gepfeffert.

»Mensch, seid ihr aber lieb«, sagt Papa. »Kriegt ihr das denn hin, ohne euch die Köpfe einzuschlagen?«

»Was denkst du denn!« Ich schiebe ihn entschlossen zurück ins Schlafzimmer. Dann drehe ich mich zu Emil um. »Also ... Du deckst den Tisch und ich hole Brötchen, ja?«

»Mmmm, woll'n wir nicht lieber beide ...«

»Dann kannst du gleichzeitig den Garten im Blick behalten«, flüstere ich ihm verschwörerisch zu. »Wegen den Nachbarn! Abchecken und so.«

Emil kriegt ganz glitzernde Augen. »Jetzt findest du aber doch nicht, dass das alberner Kram ist, oder, Janne?«, ruft er und saust in die Küche.

In der nächsten Sekunde bin ich schon auf der Treppe. Es ist ja so einfach. Soll Emil mal schön nach hinten rausglotzen, der kleine Dösbaddel!

Unten vor dem Haus klettert Philine gerade aus dem anthrazitfarbenen A8 ihres Vaters. Die Ohrstöpsel vom iPod baumeln ihr aus dem Kragen und sie hat einen coolen neuen Rock an. »Hallo, Janni!«, sagt sie. »Trinchen kommt auch gleich. Mama ist mit ihr zu Fuß gegangen, damit sie noch mal kackt, bevor wir sie abliefern.« Kann sein, ihre Stimme klingt ein bisschen wehmütig, und einen Moment komme ich mir fast fies vor, weil ich ihr die Dackelin abluchse. Aber dann fällt mir wieder ein, dass sie gleich durch die Lüfte jettet und schon in ein paar Stunden auf dem Eiffelturm steht. Also! Kein Grund zur Sorge!

»So, nun wollen wir mal ausladen«, sagt ihr Vater und klappt den Kofferraum auf. »Diese zusammengerollte Wurst ist das Hundebett, und in dem Korb hier sind drei Dosen Frischfutter, der Futternapf, Hundekekse, Knabberstangen, Kuscheldecke, Leine, Bürste, Pfotentuch ...« Er hält inne. »Kommen deine Eltern runter, Janne, oder soll ich die Sachen schnell hochbringen?«

War ja klar, dass er das fragen würde, aber mein Herz macht trotzdem einen kurzen Aussetzer. »Äh, ich brauch keine Hilfe«, sage ich.

Philines Vater guckt mich verblüfft an.

»Jannes Eltern haben gesagt, Janne muss alles allein machen«, erklärt Philine und legt beschützend ihren Arm um mich.

»Aaahja!«

Ihr Vater schielt an der Hauswand hoch und sein Blick bleibt an den runtergezogenen Rollos in unseren Schlafzimmerfenstern hängen. Es ist bestimmt nichts Nettes, was er jetzt über Mama und Papa denkt, er und auch Philines Mutter, die gerade mit

Trinchen bei uns angekommen ist. Aber es geht eben nicht anders.

»Mein Mann macht das schon«, sagt Philines Mutter aufmunternd. »Schau mal, Janne, hier möchte dich jemand begrüßen.«

Trinchen schnuppert an meinem Hosenbein und wedelt mit dem Schwanz, und ich würde am liebsten sofort mit ihr losschmusen, aber erst mal muss ich von der Straße wegkommen. »Ich nehme sie in

einem Rutsch mit dem ganzen Kram nach oben«, flöte ich. »Das ist echt kein Problem.« Und bevor wieder jemand irgendwas dagegen sagt, umarme ich Philine, gebe ihren Eltern die Hand und wünsche allen eine gute Reise.

»Viel Spaß, Janni«, sagt Philine mit einem kleinen Seufzer. »Und viel Spaß, Trinchen, du alte Eule!«

Ich drehe mich schnell um und zwänge mich samt Hundebettwurst, Futterkorb und zappelnder Dackelfrau ins Haus. Einen Moment bleibe ich stehen und lausche. Dann schüttle ich meine Schuhe von den Füßen, damit die Stufen nicht knarzen, und schleiche los.

8. Kapitel, in dem es um das Glück geht, einen Hund zu haben, um verräterische Schuhe und um Brötchen, die nach Pappe schmecken

»Guck mal, hier oben wohnst du jetzt.« Völlig aus der Puste lasse ich Trinchen von meinem Arm runter. »Schnuffel ruhig überall rum!« Und während ich ihr im Kartonzelt ein weiches Schlaflager herrichte und langsam wieder zu Atem komme, breitet sich ein wunderbar kribbeliges Gefühl in mir aus wie sonst nur zu Weihnachten oder am Geburtstag oder wie einmal, als ich im Mathetest die Knobelaufgabe konnte. Alles hat geklappt, wie ich es mir vorgestellt hab. Philine ist mit ihren Eltern auf dem Weg zum Flughafen, Mama und Papa liegen im Bett und schnarchen und ich hab einen Geheimhund. Jubbidubbidu!

»Trinchen!«, rufe ich, und meine Stimme klingt ganz hoch dabei. »Dein Tipi ist fertig.«

Die Dackelin kommt zu mir getrippelt und sieht

mich
mit ihren
trüben Omaaugen fragend an.

»Mach's dir bequem«, sage ich und klopfe auf ihre Kuscheldecke. »Und nach dem Frühstück gehen wir spazieren, ja?« Ich knuddle sie noch eine Weile und gebe ihr eine Knabberstange, damit sie sich nicht langweilt, wenn sie allein ist. Dann hole ich die Brötchentüte aus ihrem Versteck und stehle mich davon – erst eine Treppe runter, dann ruckzuck durch das oberste Geschoss …

»Hhhh!« Ich sauge die Luft ein und wirble rum. Gleich falle ich tot um! Von einer Sekunde auf die nächste ist Herr Kutschenreuter in seiner Tür aufgetaucht.

»Aha, aha«, sagt er und mustert mich von Kopf bis Fuß.

In mir pikst es wie hunderttausend Stecknadeln. Bitte, lieber Gott-falls-es-dich-gibt, mach, dass Herr Kutschenreuter mich nicht mit Trinchen beobachtet hat!

Doch der starrt immer noch auf meine Füße. »Zumindest sucht sie sie jetzt«, sagt er wie zu jemand anderem. »Man darf annehmen, sie lagen die ganze Nacht im Hauseingang?« Und er reicht mir etwas durch den Türspalt.

Mir fallen fast die Augen aus dem Kopf. Meine Schuhe! Herr Kutschenreuter hat meine Schuhe gefunden, als ich auf dem Dachboden war, und einfach mitgenommen. Der kennt ja nix! »D-danke«, stoße ich hervor.

»Ein Treppenhaus ist ein Fluchtweg«, erwidert er unbewegt. »Kein Abladeplatz.« Dann zieht er seine

Tür zu, bis sie lautlos ins Schloss einrastet. Und obwohl ich richtig zittrige Knie hab, bin ich ja so froh! Soll dieser hinterhältige Kerl sich doch an meinen Schuhen zu schaffen machen, bitte sehr! Was Trinchen betrifft, ist er mir jedenfalls nicht auf die Schliche gekommen. Keiner ist das. Keiner, keiner, keiner!

»Ich musste ewig anstehen«, erzähle ich am Frühstückstisch.

Wenn man erst mal in Schwung ist, kann man einfach alles daherschwindeln.

»Die Schlange ging bis vor die Bäckerei.«

»Wer war denn noch da?«, fragt Emil und schmiert sich zentimeterdick Nutella auf sein Croissant.

»Irgendwelche Leute, die ich nicht kenne. Wieso?«

»Nur so«, sagt er und fängt an zu futtern. Wenn Süßkram im Spiel ist, hat Emil nie viel Zeit zum Sprechen.

»Eigentlich sollte man diesen Feiertagsverkauf gar nicht unterstützen!« Mama betrachtet misstrauisch ihr angebissenes Vollkornbrötchen. »Da

ARZT

verkloppen sie doch bloß das altbackene Zeug von gestern. Schmeckt wie Pappe.«

Ich halte die Luft an. Wenn Mama jetzt nur ein klitzekleines bisschen nachdenkt …

»Na, na, na«, sagt Papa und schiebt mir einen Fünf-Euro-Schein als Rückzahlung zu. »Ich find's echt nett, dass die Kiddies sich so ins Zeug gelegt haben. Ganz ohne Zoff!«

»Ja, natürlich.« Mama zerkaut tapfer einen neuen Bissen. »Das ist sogar regelrecht denkwürdig.«

Puh! Erleichtert grinse ich in meine Tasse.

Nur Emil muss nun doch noch seinen Senf dazugeben. »Mein Kroffong iff auch Pappe«, sagt er mit vollgestopftem Mund. »Aber propfdem lecker.« Voll dämlich, dieser Junge!

Ich kippe meinen Kakao runter und stehe auf. »Kann ich nach draußen?«, frage ich wie nebenbei. »Ist ja so gutes Wetter.«

»Gern. Aber …«, Papa guckt mich bittend an, »magst du nicht Emil mitnehmen? Ihr vertragt euch doch heute so gut.«

Tatatataaa! Das hat man also von seiner Nettigkeit. Sofort wird man ausgebeutet. Ich suche fieberhaft nach einer Ausrede, doch ehe mir was einfällt, hat Emil den letzten Zipfel von seinem Croissant verschlungen und verkündet: »Hab schon was vor. Janne muss jetzt leider mal allein spielen.«

Oho, das ist ja was ganz Neues! Vielleicht sollte ich ihm öfter mal einreden, wir würden zusammen das Frühstück machen. Dann ist er hinterher nicht so klettig.

»Wieder am Spionieren?«, fragt Papa. »Wen hattest du denn heute schon alles auf'm Kieker?«

Emil reckt wichtigtuerisch sein Kinn. »Felix und Herrn Kutschenreuter. Felix war joggen und Herr Kutschenreuter ... du, Papa, der hat drei dicke Säcke Erde rausgeschleppt!«

»Verdächtig, verdächtig«, sagt Papa mit todernster Miene.

»Hallo?«, bringe ich mich sicherheitshalber in Erinnerung. »Kann ich jetzt gehen oder nicht?«

Mama nickt und winkt Richtung Tür, doch als ich schon halb draußen bin, ruft sie: »Mein Gott, Janne! Wann hast du denn das letzte Mal frische Socken angezogen? Die sind ja schwarz!«

»Öhm, gestern vielleicht«, murmle ich. »Oder vorgestern?« Dann verziehe ich mich lieber, damit sie mir nicht noch mit Duschen oder so was kommen kann. Weil, Trinchen wartet bestimmt schon sehnsüchtig auf mich. Und ich auf sie.

9. Kapitel, in dem Emil einen fürchterlichen Schlamassel anrichtet

Fast anderthalb Stunden bin ich unterwegs. Erst spaziere ich mit Trinchen am stillgelegten Bahndamm entlang und danach an den Graffitihäusern vorbei zum Stichkanal. Unten am Ufer spielen wir Such-das-Stöckchen und Maulwurfshügelbuddeln, aber es dauert nicht lang, bis Trinchen schlappmacht und erst mal eine Runde in der Sonne dösen muss.

Auf dem Rückweg ist sie schneckenlangsam. »Komm, ich trag dich«, sage ich auf halber Strecke, und oh!, als ich sie hochhebe, schmiegt sie sich eng an mich und liegt wie ein warmer Klumpen in meinen Armen. So schön ist es sonst nur, mit Mama und Papa zu kuscheln, und zwar ohne dass Emil sich dazwischendrängelt. Aber das passiert ja nicht sehr oft.

Ein Stück vor unserem Haus ziehe ich mein

T-Shirt aus und wickle es um Trinchen, sicher ist sicher. Aber als ich ins Treppenhaus schlüpfe, ist weit und breit kein Mensch zu sehen. Vor Frau Jacobis Wohnung riecht es schon nach Mittagessen, aus der von Marc und Felix kommt eine wunderbar traurige Musik, Klassik oder so was in der Art, und bei uns ist absolut tote Hose. Wahrscheinlich sitzen Mama und Papa wie festgewachsen hinter ihren Schreibtischen und denken kluge Gedanken. Liegt also nur noch die Gefahrenzone Rot vor mir! Doch während ich über den Treppenabsatz schleiche, sehe ich durchs Fenster, wie Herr Kutschenreuter am zugewucherten Gartenbeet ackert. Sehr praktisch! Pfeifend steige ich die letzten Stufen hoch.

Bloß Trinchen ist nicht so begeistert, als ich sie zum zweiten Mal auf dem Dachboden absetze. Mit vorwurfsvollem Blick stellt sie sich vor der Eisentür auf, als wollte sie sofort wieder runtergetragen werden.

»Jetzt gibt's Dackelmampf«, locke ich sie zu ihrem Tipi, »lecker-lecker!«, und da kommt sie doch wie ein Pfeil angeschossen. Ich gucke noch kurz zu, wie sie sich über ihr Futter hermacht, aber dann muss ich leider runter und mich mal wieder blicken lassen.

Mama schickt mich tatsächlich unter die Dusche. »Es wird Zeit!«, sagt sie entschieden. »Man könnte meinen, du hättest dich in einem Schweinepferch gesuhlt.« Und weil ich ihr ja schlecht erklären kann, dass der Dreck an mir nur von Trinchens Kanalmatschpfoten stammt, versuche ich gar nicht erst, mich zu wehren.

Hinterher knurrt mir der Magen und ich schlendere in die Küche, doch da ist nicht mal der Frühstückstisch abgeräumt.

»Dauert noch zwanzig Minuten«, sagt Papa etwas verlegen und holt eine Packung Fertigspaghetti aus dem Vorratsschrank. Dann wirft er einen Blick aus dem Fenster. »Kannst du vielleicht mal gucken, wo Emil steckt? Ich dachte, er wäre im Garten, aber ...«

»Ach ja, Emil!«, sage ich baff. Ist mir noch gar nicht aufgefallen, dass der kleine Quälteufel fehlt. »In den Garten wollte der? Zu Herrn Kutschenreuter?«

Papa macht ein besorgtes Gesicht. »Ich hab ihm nicht hinterhergeguckt. Geh doch mal bitte nachschauen, Janne!«

»Mmm«, mache ich. Eigentlich hab ich ja echt

Besseres zu tun als meinen Bruder einzusammeln. Aber weil Papa sonst vielleicht selbst runtergeht und ich noch zehn Stunden aufs Essen warten muss, verkneife ich mir weitere Proteste.

Dann allerdings kommt alles anders. Kaum hab ich mir nämlich die Schnürsenkel zugebunden, bollert es an der Wohnungstür, und als ich aufmache, stürzt Emil mir mit weit aufgerissenen Augen entgegen. »Der Hund!«, flüstert er. »Der Hund!«

Mein Herz schaltet in den höchsten Gang um. »Welcher Hund?«, zische ich und zerre ihn ins Kinderzimmer. »Wovon redest du eigentlich?«

»Er ist weggelaufen! Er kam mir so entgegen, als ich die Dachbodentür aufgemacht hab, und da ...«

»Waaas? Woher weißt du ...« Ich muss mich schwer beherrschen, um Emil keine zu scheuern. »Und du hast Trinchen nicht festgehalten, du Blödian?«

»Die wollte mich anspringen«, weint er los. »Und die hatte so spitze Zähne! Da hab ich sie angeschrien, nur ein ga-ha-hanz bisschen, und da ist sie einfach ...«

Ich zögere keine Sekunde. Mit der einen Hand packe ich mir meinen grässlichen Heulbruder, mit der anderen halte ich ihm den Mund zu, und dann schleife ich ihn zurück in den Flur. »Wir sind gleich wieder da«, rufe ich und ziehe blitzschnell die Tür hinter uns zu.

»Sie muss rausgelaufen sein«, sage ich, nachdem ich mit Emil am Wickel das ganze Haus abgesucht hab. »Dass die Hintertür auch immer offen steht!«

Emil zieht ausgiebig den Rotz hoch. »Soll ich Herrn Kutschenreuter fragen, ob er sie gesehen hat?«, murmelt er dann. »Der macht da schon die ganze Zeit am Beet rum.«

»Wehe!« Sofort halte ich ihn wieder fester.

»Ich frag ihn doch nur, ob er was Besonderes beobachtet hat«, sagt Emil, und einen winzigen Moment kommt es mir so vor, als würden seine rot verquollenen Augen aufblitzen. »Wenn er von einem Hund anfängt, tu ich einfach so, als hätte ich was ganz anderes gemeint. Und als ob ich auch nicht wüsste, woher der kommt.«

Ich denke nach. Eigentlich klingt die Sache ja ganz vernünftig. Von wem sollen wir etwas über Trinchen erfahren, wenn nicht von Herrn Kutschenreuter mit seinen Röntgenaugen? »O.k.«, sage ich und gebe Emil einen kleinen Schubs. »Dann mach mal.«

Obwohl ich auf dem Plattenweg stehen geblieben bin, kann ich genau erkennen, wie Herr Kutschenreuter Emil beäugt.

»Schon wieder diese Spielchen?«, fragt er.

»Ich will heute ja gar keine Fingerabdrücke von dir«, verteidigt sich Emil. »Ich hab doch nur gefragt, ob du …«

»Sie«, verbessert Herr Kutschenreuter und spießt ihn fast auf mit seinen Blicken. Dass Emil das aushält! Wo er doch schon losbrüllt, wenn ihn nur eine harmlose Dackeloma begrüßen will. »Bin hier beschäftigt, wie du siehst. Rührt ja sonst keiner einen Finger im Garten.« Herr Kutschenreuter zieht seine schwarzen Neoprenhandschuhe straff und zupft weiter Unkraut, als wäre er ganz allein auf der Welt.

»Ich glaub, er hat Trinchen doch nicht bemerkt«, flüstere ich, als wir uns hinter den Fahrradunterstand verzogen haben.

»Nee«, sagt Emil böse. »Der glotzt nur auf sein dootes Gestrüpp. Und manchmal geht er in den Gerätekeller runter und holt sich was, Hacke oder Sense oder so. Hab ich gesehen, als ich dir eben aufgelauert … oh!« Er schlägt die Hand vor den Mund, aber ich höre eh nicht mehr richtig auf sein Gerede. In meiner Brust ist es ganz eng und durch meinen Kopf rast nur ein einziger Gedanke: Wo ist Trinchen?

»Wir müssen sie suchen«, sage ich quäkig. »Komm, Emil!«

10. Kapitel, in dem wir Trinchen suchen und ich beschließe, Gänseblümchen auf mir wachsen zu lassen

Nach einer Viertelstunde haben wir das ganze Wohngebiet durchkämmt, die große Straße und die Seitenstraße, den Spielplatz und den Grünstreifen, aber von Trinchen ist weit und breit nichts zu sehen.

»Wir müssen zum Kanal runter«, befehle ich. »Da bin ich zuletzt mit ihr gewesen.«

»Aber«, sagt Emil, »ich glaub ja eher ...«

»Nichts aber! Mit Hunden kenne ich mich zufällig aus. Bestimmt wittert Trinchen meine Spur und sucht mich.«

»Ja?« Emil macht ein nachdenkliches Gesicht. »Und was ist mit Mama und Papa? Die warten doch bestimmt schon auf uns.«

Mir wird es ganz schwummerig.

Das Mittagessen! Du liebe Güte, das hab ich ja ganz vergessen.

Aber ich kann doch jetzt nicht einfach nach Hause gehen und Spaghetti mampfen!

»Warte mal«, sagt Emil da und flitzt zu zwei großen Sonnenbrillen-Mädchen, die in der Sonne sitzen und rauchen. Einen Moment später kommt er mit einem Handy zurück. »Sag ihnen, wir haben keinen Hunger und spielen gerade so schön. Dann freuen sie sich und lassen uns in Ruhe.«

Ich starre Emil an. Was geht hier eigentlich ab? Die Sache mit Trinchen ist doch wohl mein Geheimnis und nicht seins! Im Grunde ist es überhaupt ein Wunder, dass er nicht schon längst zurückgerannt ist und mich verpetzt hat.

»Na, los«, drängelt er.

Emil hängt ja mit drin! Ob er Hunde nun mag oder nicht,

er hat Trinchen laufen lassen und muss sie genauso dringend wiederfinden wie ich. Irgendwie tröstlich, der Gedanke, ich weiß auch nicht, warum.

»O.k.«, sage ich und nehme ihm das Handy aus der Hand.

Nachdem ich Bescheid gesagt hab, laufen Emil und ich den ganzen Weg bis zum Stichkanal ab und gucken hinter jeden Busch und in jede Einfahrt und unter fast jedes parkende Auto, aber die Dackelin ist immer noch wie vom Erdboden verschluckt.

»Was mach ich denn jetzt?«, flüstere ich und es überrollt mich so ein panisches Gefühl wie manchmal im Traum, wenn ich vor irgendwas wegrennen muss und nicht vom Fleck komme. »Oh, was mach ich denn jetzt?«

Das verzeiht mir Philine nie im Leben! Ich hab keinen Geheimhund mehr und keine beste Freundin und Mama und Papa verliere ich auch, denn es werden

ja nicht Emil und ich bestraft, weil wir einen ausgeliehenen Dackel auf immer den Gefahren des wilden Lebens ausgeliefert haben, nein, nein! Eltern haften für ihre Kinder, das weiß ja jedes Baby.

»Weinst du?«, fragt Emil und streichelt mir über den Arm.

»Nein!«, krächze ich und stoße seine Hand weg, denn plötzlich ist da wieder diese Wut in mir. »Wieso musstest du auch hinter mir herschnüffeln, du Doofmann?! Und wie kann man nur so gemein sein, eine wehrlose Hundeoma zu verscheuchen? Das arme Trinchen! Total verschreckt hast du sie mit deinem Gekreische. Du bist schuld, Emil! Du mit deiner oberbescheuerten Hundeangst. Wenn du nicht ... ooh ...« Am liebsten würde ich mich auf ihn stürzen, aber ach Scheiße! Ich weiß ja, so einfach ist es nun auch wieder nicht. Ich hätte einfach besser aufpassen müssen. Ich hätte verdammt noch mal damit rechnen müssen, dass mir mein kleiner Bruder früher oder später auf die Spur kommt mit seiner dauernden Spioniererei. Stattdessen hab ich gedacht, ich könnte ihn mit ein bisschen Frühstückmachen für blöd verkaufen. Eigentlich hab ich es gar nicht anders verdient.

»Jetzt weinst du aber wohl«, stellt Emil fest. Und als er mich diesmal streichelt, wehre ich mich nicht.

»Dann wein ich halt«, schluchze ich nur und werfe mich ins Ufergras. Hier bleibe ich einfach für immer und ewig liegen. Sollen ruhig die Gänseblümchen auf mir wachsen!

Doch da pikt mir Emil in den Po. »He, Janne, du«, sagt er. »Hab ich mir ja gedacht, dass Trinchen woanders ist. Die hat doch bestimmt Heimweh nach Philine gekriegt! Nicht nach dir. Du bist doch nicht ihre … äh … Mama.«

Obwohl es mir einen Stich gibt, richte ich mich mit einem Ruck auf. Natürlich! Nach Hause finden Hunde doch wie nix. Und Trinchen ist den Weg noch heute Morgen mit Philines Mutter gegangen. »Oh, Emil!«, rufe ich. »Warum hast du das nicht gleich gesagt?«

Aber darauf antwortet er nichts.

11. Kapitel, in dem ich Trinchen etwas verspreche und Emil sich fast ins Hemd macht, aber trotzdem der richtige Mann ist

»Ihr müsst doch einen Wahnsinnskohldampf haben«, sagt Papa, als ich zum zweiten Mal zu Hause anrufe.

Diesmal hat Emil das Handy von einer Frau mit Tragetuchbaby ausgeliehen, die uns oben auf der Fußgängerbrücke entgegengekommen ist.

»Wollt ihr nicht mal eine kleine Pause einlegen?«

»Nee, nee, wir haben immer noch keinen Hunger«, versichere ich und versuche nicht darauf zu achten, wie sehr mein Magen knurrt und wie schlapp und verschwitzt ich von der knallenden Mittagssonne bin. »Außerdem spielen wir doch so schön.«

»Es geschehen noch Zeichen und Wunder«, sagt Papa. Dann redet er leise mit Mama. »Aber trotzdem, so allmählich ...«

»In einer halben Stunde sind wir da«, rufe ich und drücke schnell auf die Auflegtaste.

Wir sehen Trinchen schon von Weitem, und es schnürt mir fast das Herz zusammen, so einsam und allein liegt sie da auf der Fußmatte vor Philines Haustür.

»Ich warte hier«, sagt Emil unruhig und setzt sich mitten auf den Bürgersteig.

»Von mir aus.« Ich steige über ihn drüber, und obwohl meine Füße ungefähr so platt sind wie ein löchriger Fahrradreifen, lege ich einen Endspurt ein, mit dem würde ich glatt eine Ehrenurkunde bei den Bundesjugendspielen absahnen.

»Kleines Trinchen!«, keuche ich und lasse mich auf die unterste Eingangsstufe plumpsen. »Da bist du ja.«

Trinchen hebt ihren Kopf von den Vorderpfoten und guckt mich mit einem zweifelnden Ist-ja-ganz-nett-dich-zu-sehen-aber-eigentlich-warte-ich-auf-jemand-anderen-Blick an. Doch als ich ihr sanft über die Schnauze streichle, beginnt ihr Schwanz auf die Fußmatte zu klopfen, erst ganz leicht, dann immer wilder. Sie fiept und winselt und schleckt mir die Hand ab, und da verschwindet endlich dieses scheußliche Panzerhemdgefühl.

»Ich bin doch jetzt dein Frauchen«, flüstere ich und nehme Trinchen ganz fest in den Arm. »Ich, ich, ich. Und ich pass auf, dass dir nie wieder jemand Angst macht. Ehrenwort!«

Wer allerdings Angst hat – und zwar nicht zu knapp –, ist Emil. Den ganzen Heimweg über macht er Theater. »Komm mir nicht so nah mit der Doofen«, jammert er und »Halt die bloß fest!« und »Bäh, wie die stinkt!« und »Uuaah, die fletscht ihre Zähne!«. Und das, obwohl er gerade noch mit mir nach Trinchen gesucht hat.

»Sie hechelt doch nur«, erkläre ich entnervt. Und bevor Emil die ganze Welt auf uns aufmerksam macht mit seinem Geschiss, schnappe ich ihn von hinten am Schlafittchen, nehme ihn in die Schraubzwinge und streiche mit seiner Hand über Trinchens Rücken. »Guck, die tut nichts, die ist total lieb. Und jetzt gib Ruhe, Mann!«

Emil starrt auf seine Hand, als wäre sie ein Haifischköder. »Lass mich looos!«, kreischt er. Dann windet er sich aus meinem Arm und wetzt ein paar Meter voraus.

»Alles gut«, flüstere ich Trinchen ins Ohr. In Wirklichkeit finde ich die Lage jedoch äußerst brenzlig. Okay, bisher hat Emil dichtgehalten. Richtig mitgetrickst hat er sogar. Aber das war natürlich, solange Trinchen verschwunden war. Jetzt allerdings, wo sie wieder da ist und heil vom Kopf bis zum Dackelschwanz, führt er sich auf, als wollte er sie auf schnellstem Weg in die Hundepension befördern.

»Eeemil«, rufe ich, »warte doch mal!«

Emil bleibt stehen und guckt misstrauisch zu mir rüber. »Wenn du mich nicht wieder festhältst mit der da auf'm Arm«, mault er.

»Versprochen.« Ich bleibe ein Stück zurück. Jetzt bloß keinen Fehler machen! »Hast du Lust, was Gutes mit mir zu unternehmen?«, frage ich schmeichelnd.

Emil zieht einen Flunsch. »Das hast du mich heute Morgen auch gefragt. Aber da hast du mich einfach angeschmiert! Du wolltest ja gar nicht mit mir Frühstück machen. Du wolltest bloß den ollen Hund ins Haus schmuggeln.«

Ich schlucke. Der Junge hat mehr Durchblick, als ich ihm je zugetraut hätte. »Tut mir leid«, sage ich. »Ich veräppel dich nicht mehr, ehrlich wahr! Wir sind doch jetzt ein Team, oder? Ich brauch dringend jemand, der mit mir Trinchens Versteck bewacht. Und ...«, ich versuche, so geheimnisvoll dreinzuschauen wie Papa immer, »du bist genau der richtige Mann dafür, Emil! Du bist doch ein Agent.«

»Du willst ja nur, dass ich nicht petze«, sagt er und setzt sich wieder in Bewegung. Na, gratuliere. Das war's dann wohl. Doch im nächsten Moment bleibt er wieder stehen. »Ich helf dir trotzdem, stell dir mal vor! Weil, du kennst dich mit solchen Geheimsachen ja gar nicht richtig aus. Aber zwing mich nie mehr, diese eklige Stinktrine anzufassen, sonst hau ich dir die Ohren ab!«

Oh, dieser Prahlhannes! Ich könnte ihn – umarmen.

12. Kapitel, in dem es darum geht, dass Emil und ich keine Klone sind, um ein lustiges Picknick und um eine Hundeleine

»Mir ist, als hätte Papa was von einer halben Stunde erzählt«, sagt Mama mit hochgezogenen Augenbrauen. Aber ihre Stimme klingt kein bisschen streng. Eher als würde sie nur meckern, weil Mütter das eben müssen, wenn ihre Kinder zu spät nach Hause kommen.

»Jetzt ab und Hände waschen! Ich wärme euch die Spaghetti auf.«

»Äh«, sage ich, »könnten wir vielleicht doch lieber was ...«

»Janne und ich haben nämlich noch nicht fertig gespielt«, ruft Emil und zieht seinen Agentenkoffer unter der Garderobe hervor. »Wir müssen sofort wieder los. Und Papa und du, ihr müsst uns leckeren Proffijant mitgeben! Und neue Batterien für meine Walkie-Talkies.«

Ich sage nicht, dass es aber »Proviant« heißt, sondern gucke Mama bittend an. »Ja? Dürfen wir?«

»Alexander?«, ruft sie da. »Hat jemand unsere Kinder geklont? Diese hier kommen mir so fremd vor.«

»Geht mir auch so.« Papa schlurft aus seinem Computerzimmer und blinzelt, wie immer, wenn er lange auf den Monitor geguckt hat. »Hi, J-2! Hi, E-2!«

»Pöh«, schnaubt Emil, »wir sind doch keine Klonkrieger! Ich bin ein Geheimagent und Janne ist – was anderes.«

Da lacht Papa und sagt, einem echten Emil und einer echten Janne, die freiwillig auf Spaghetti mit Tomatensoße verzichten, um Geheimagent und »was anderes« zu spielen, gibt er gern eine Rolle Doppelkekse mit. »Oder, Sonja?«

»Aber auch ein paar Karotten«, sagt Mama energisch.

»Und Lakritzschnecken«, ruft Emil.

»Und Miniwürstchen«, kichere ich.

Und niemand sagt, Janne, du bist aber wirklich alt genug, um dir selbst was einzupacken. Manchmal ist das Leben perfekt!

Auf dem Dachboden krieche ich zu Trinchen ins Tipi. Darin ist es für Leute über Dackelgröße zwar etwas eng, aber ich könnte mir trotzdem keinen gemütlicheren Picknickplatz vorstellen. »Jetzt bleib ich die ganze Zeit bei dir«, sage ich und lege Trinchen einen Hundekeks vor die Schnauze, damit sie nicht schmachten muss. »Und Emil steht im Treppenhaus Schmiere. Praktisch, oder?«

Trinchen schnuppert kurz an ihrem Keks, doch dann schaut sie mir so gierig beim Würstchenessen zu, dass ich sofort weich werde. »Ist ja gut. Aber nur eins. He, eins hab ich gesagt!«

Ungefähr alle drei Minuten funkt mich Emil auf dem Walkie-Talkie an und gibt die neusten Hausnachrichten durch. Wichtige Meldung Nummer eins: Marc und Felix verlassen das Haus und nehmen Regenschirme mit, obwohl die Sonne scheint. Sehr wichtige Meldung Nummer zwei: Herr Kutschenreuter hat das Unkraut bis auf den letzten Halm ausgerissen und lässt es auf der Stelle in der Biotonne verschwinden. Äußerst wichtige Meldung Nummer drei: Im Treppenhaus befanden sich bis vor wenigen Augenblicken vier verdächtige Hundehaare, aber ein gewisser Agent-im-Einsatz hat sie höchstpersönlich beseitigt. Nervig finde ich Emils Gequatsche komischerweise nicht. Im Gegenteil, ich überlege immer schon, womit er wohl als Nächstes rausplatzt. Und als er durchgibt, dass Frau Jacobi in ihrer Wohnung einen turbolauten Knatterfurz fahren gelassen hat, kriege ich den totalen Lachkoller. So witzig hab ich es sonst nur mit Philine.

Doch irgendwann schlüpft Emil in die Bodenkammer und drückt sich in die Ecke, die am weitesten vom Dackelzelt entfernt ist. »Halt die olle Trine fest!«, sagt er nervös. »Und pass auf, dass sie still ist. Herr Kutschenreuter kommt hoch.«

Sicherheitshalber trete ich mein letztes Würstchen an Trinchen ab, aber sie sieht sowieso nicht so aus, als könnte sie plötzlich losbellen. Außer in Notfällen ist ihr das viel zu beschwerlich.

»Jetzt ist er in seiner Wohnung«, flüstert Emil, als er nach ein paar Minuten wieder ins Treppenhaus runterlinst. »Trotzdem besser, ich bleib hier. Bind sie mal fest!«

»Hä?«, frage ich.

»Na, die Stinkerin. Du sollst sie an-lei-nen.«

Ich will Emil einen Vogel zeigen, doch da sehe ich

etwas in seinem Gesicht, das ich nicht richtig kapiere. Ohne ein Wort krame ich die Hundeleine hervor und binde sie so ans Gebälk, dass Trinchen damit ohne Probleme auf ihrem Kissen liegen kann. Und hey!, nun kommt Emil doch tatsächlich auf unsere Seite rübergeschlichen. Wer rechnet denn mit so was?

»Jetzt zeig ich dir, wie man es richtig macht«, sagt er und klappt seinen Koffer auf. »Dann wirst du aber gucken, Janne!«

13. Kapitel, in dem ich unter Starkstrom stehe und Emil gegen ein Ungeheuer kämpft

Gegen fünf muss ich aufs Klo. Na ja, eigentlich schon eine ganze Weile, doch jetzt ist es wirklich allerhöchste Eisenbahn. »Kannst du mal kurz allein hierbleiben?«, frage ich. »Ich geh nur eben pinkeln.«

Emil starrt auf Trinchen. »Also«, murmelt er, »wenn du dich ganz dolle beeilst ...« Voll tapfer, irgendwie!

»Klar, Partner.« Ich krieche aus dem Tipi und lächle ihn an.

»He«, sagt Emil da.

»Was denn?«

»Du musst doch den Um-die-Ecke-Gucker mitnehmen.«

»Ach ja.« Ich schnappe mir sein Plastikperiskop, das war mal bei irgend so einer Babyzeitschrift dabei, aber es funktioniert ganz in echt, Emil hat es mir gezeigt.

»Und kriech ganz dicht an der Tür vom Blödreuter vorbei! Dann kann er dich nicht durch den Spion sehen.«

Obwohl ich schon fast die Beine überkreuzen muss, bleibe ich noch mal stehen. »Weißt du was, Emil?«, sage ich. »Eigentlich bist du ganz schön cool.«

So flott, wie ich dachte, komme ich allerdings doch nicht wieder nach oben. Denn nachdem ich auf dem Klo war und gerade wieder aus der Wohnung schlüpfen will, hält Papa mich am Pferdeschwanz fest. »Sekunde mal«, sagt er.

»Ja?« Ich drehe mich vorsichtig um. Seine Stimme hat so komisch geklungen!

Papa räuspert sich. »Eben hat deine Herzensfreundin Philine angerufen. Aus – Paris.«

Mich durchfährt es, als wäre ich gegen einen Elektrozaun gerannt. Da reißen Emil und ich uns ein Bein aus, um Trinchen versteckt zu halten, aber dass Philine sich in der Zwischenzeit melden und alles ausplappern könnte, haben wir überhaupt nicht bedacht.

»Was wollte sie denn?«, frage ich. Eigentlich

müsste ich Funken sprühen, so stark stehe ich unter Strom.

»Das fragst du den Richtigen.« Papa verschränkt die Arme. »Du sollst sie auf dem Handy ihrer Mutter zurückrufen. Die Nummer hast du ja angeblich.«

»M-mehr hat sie nicht gesagt?«

»Zu mir? Mit euren Frau-von-Welt-Gesprächen hab ich ja offenbar nichts zu tun. Die war vielleicht kurz angebunden!«

Uff! Das hätte leicht ins Auge gehen können. »Tja, Papa, tut mir leid«, sage ich und muss grinsen, als hätten die hundert Millionen Elektronen in mir eine Glühbirne zum Leuchten gebracht. »Du bist eben nur der Vater.«

Da lacht Papa. »Ich seh schon«, sagt er. »Aber mach nicht ewig, o.k.? Und wähl 0049 vor.«

»Jajaja.« Ich schnappe mir das Telefon von der Ladestation und verdrücke mich ins Kinderzimmer. Und ich bin ja so happy, dass ich Philine nichts von einem verschollenen Hund erzählen muss.

»Hi, Emil«, flüstere ich und klinke die schwere Dachbodentür hinter mir zu. »'tschuldigung, dass ich länger gebraucht hab. Ich musste noch Philine zurückrufen, die wollte wissen, wie's mit Trinchen läuft, und ...« Ich verstumme. Kneif mich mal einer!

»Die tut gar nichts«, haucht Emil und streicht mit weit ausgestrecktem Arm über Trinchens Schwanzspitze. »Die hat mich noch kein Mal gebissen.«

Erst kann ich nur glotzen. Dann fange ich an zu kichern. »Ach, nee! Ich dachte, sie wäre ein hochgefährliches Säbelzahnmonster«, sage ich, aber Mannomann!, bin ich stolz auf Emil. Eigentlich hat er ja wirklich gegen ein Ungeheuer gekämpft. Nicht gegen Trinchen, klar. Gegen eins, das nur er kennt und das für alle anderen unsichtbar ist.

»Sie hat mich immer so angeguckt«, sagt Emil und seine Augen funkeln wie Perlen und Diamanten. »Als ob sie Angst hatte, dass ich sie wieder anschreie. Da musste ich sie ja trösten, die Dumme.« Und zur Bekräftigung streichelt er fast über den ganzen Dackelschwanz.

In dem Moment überkommt es mich. Zuletzt hab ich es gemacht, als Uroma Irmgard noch lebte und mir immer Smarties geschenkt hat, wenn ich lieb zu meinem kleinen Bruder war. Aber jetzt funktioniert es ganz ohne irgendwas: Ich sause zu Emil und gebe ihm einen Kuss.

»Bäh!«, ruft er und rubbelt sich wild über die Wange. »Wehe, du sabberst mich noch mal an!«

»Keine Sorge.« Ich befreie Trinchen von ihrer Leine. »Jetzt zeig ich dir mal was.« Und dann gebe

ich Emil einen Crashkurs im Hundebetüddeln. Von A wie »Am-Nacken-Kraulen« bis Z wie »Zauseliges-Fell-Bürsten«. Kann ja nicht schaden. Schon allein wegen den Buchstaben.

14. Kapitel, in dem Herr Kutschenreuter ein Loch buddelt und Emil sich im Anhänger versteckt

»Jetzt noch?«, fragt Mama, als Emil und ich nach dem Abendbrot noch mal loswollen. »Es ist kurz vor halb acht!«

»Die Sonne ist auch schon weg«, sagt Papa. »Das zieht sich langsam zu.« Und er schaut prüfend aus dem Küchenfenster.

»Wir bleiben eh nur gaaanz kurz«, sage ich beruhigend. Ich weiß ja von Philine, dass Trinchen ihr Abendgassi hasst wie die Pest und hinterher nur noch ihre Ruhe haben will.

Und tatsächlich. Als ich mich auf den Dachboden schiebe, liegt sie zwar wieder hinter der Eisentür auf der Lauer, aber als sie merkt, was ihr blüht, kneift sie den Schwanz ein und versucht, ins Tipi zu türmen.

»Nix da, du musst noch mal raus«, sage ich und

halte sie gnadenlos fest. Dann fische ich mein Walkie-Talkie aus der Po-Tasche und horche, ob die Luft im Treppenhaus rein ist.

»Alles rodscha!«, sagt Emil. »Bei Frau Jacobi läuft die Glotze, Felix und Marc sind immer noch weg und der Buddelreuter ist wieder beim Beet. Jetzt gräbt er ein Loch.«

»Okay, ich komme«, sage ich und schleiche mich samt schlecht gelaunter Dackelfrau nach unten.

Emil kniet auf dem untersten Treppenabsatz und beobachtet mit einem kaputten Motorradspiegel, den er mal im Müll gefunden hat, den Garten. »Geh ohne mich«, flüstert er. »Ich muss das hier unbedingt abchecken.«

»Gut, wenn du meinst«, sage ich. Allmählich frag ich mich nämlich auch, was Herr Kutschenreuter da Finsteres veranstaltet mit seiner Jätekralle und seiner Spitzhacke und all den anderen Gerätschaften. »Dann bis gleich.« Und ich schleppe Trinchen bis zum Grünstreifen rüber, damit sie keine verräterischen Pipispuren auf dem Bürgersteig hinterlässt.

Doch als ich zurückkomme, ist Emil nicht mehr auf seinem Posten. Bestimmt hat er Bammel gekriegt, so ganz allein im schummrigen Hausflur und den schaurigsten Nachbarn der Welt im Visier. Bekomm ich ja sogar schon ein bisschen.

»Emil?«, funke ich ihn an. »Wo steckst du denn?«

Im selben Moment sehe ich durchs Fenster, wie Herr Kutschenreuter sich mit einem Ruck umdreht. Dann hastet er mit geschultertem Spaten zum Fahrradunterstand, und eine Sekunde später klettert eine kleine Gestalt aus seinem Anhänger und rast quer über den Rasen.

»Ogottogottogott!« Ich drücke Trinchen fest an mich und kneife die Augen zu, aber schon kracht unten die Hintertür ins Schloss und ich muss gleich wieder gucken, was los ist.

»Schnell weg hier!«, keucht Emil mir entgegen. »Er hat mich entdeckt. Wegen dem Funkgerät.«

»Wusste ich ja nicht, dass du dich an ihn ranschleichst«, japse ich und nehme immer zwei Stufen auf einmal. »Ich dachte, du hättest dich verkrumelt, Mann!«

Dann hocken wir dicht aneinandergedrängt auf dem Dachboden und lauschen, aber alles bleibt ruhig.

UP

»Puh«, seufze ich, »wenn der hinter uns hergekommen wär!«

»Ja-ha-haa«, sagt Emil und reibt sich die Hände. »Aber er hat nun mal mit seiner Grube zu tun.«

Beruhigt verfrachte ich Trinchen auf ihr Lager. »Morgen Früh kommen wir wieder«, verspreche ich ihr und will sie noch mal ordentlich knuffeln, aber sie rollt sich sofort zusammen und tut, als wäre ich gar nicht mehr da.

»Gut' Nacht, du Hund, du«, sagt Emil noch.

Dann verschließen wir das Tipi bis auf einen schmalen Schlitz, ziehen die Eisentür fest zu und machen uns aus dem Staub. Und offen gestanden bin ich ganz froh, dass die Aufregung für heute ein Ende hat. Nur Emil sieht aus, als käme er gerade erst richtig in Fahrt.

15. Kapitel, in dem ich fix und alle bin, aber trotzdem nicht einschlafen kann

»Und du willst allen Ernstes auch schon ins Bett, Janne?«, fragt Mama. Sie hat gerade Emils Schlabberpyjama unter seiner Zudecke hervorgeangelt und guckt zu, wie ich mit bleischweren Beinen die Leiter hochkraxle. »Sonst bestehst du doch auf jede Minute, die du länger aufbleiben darfst.«

»Ich kann nicht mehr«, stöhne ich. »Ich bin so müüüde!«

»Das ist der Frischluftschock«, bemerkt Papa, der gerade zum Gute-Nacht-Sagen reinkommt. »Ich glaub, so viele Stunden wie heute stand dieses Kinderzimmer noch nie leer.«

Und als Mama sich mit dem »Sams« zu Emil kuschelt, hockt er sich an mein Bettende und fängt an, mir die Füße zu massieren. Das ist das Angenehmste, was es überhaupt gibt. »Ich hab mich heute unheimlich über dich gefreut, Mädchen«, sagt er. »Und Mama auch. Dass du dich so lieb um Emil gekümmert hast, nur damit wir in Ruhe arbeiten konnten.«

»Äh, hat mir ja auch Spaß gemacht«, murmle ich verlegen.

»Umso besser.« Papa kitzelt mich unter der Fußsohle. »Aber keine Sorge, bei uns hat's gezündet. Wir haben endlich begriffen, dass es um diesen Ausflug geht, von dem Mama gesprochen hat.«

»Um – was?« Daran hab ich ja überhaupt nicht mehr gedacht.

»Das muss dir doch nicht peinlich sein! Wir verstehen ja, dass du auch was Schönes unternehmen willst, wenn dir deine Freundin dauernd die dollsten Sachen erzählt. Obwohl … na, lassen wir das. Mach dir jedenfalls keinen Kopf deswegen, okay? Die Zeit nehmen wir uns auf alle Fälle. Wir könnten zum Beispiel am Samstag in den Harz fahren.«

Auweia! Jetzt wird's schon wieder kompliziert. Ich kann Trinchen doch nicht einen ganzen Tag allein auf dem Dachboden lassen!

Aber heute Abend bin ich viel zu groggy, um noch weiter darüber nachzudenken. »Samstag ist gut«, sage ich nur und hoffe, bis dahin fällt mir irgendwas ein. Auch wenn es natürlich schade um die Sommerrodelbahn ist.

»Abgemacht.« Papa gibt mir einen Kuss auf den dicken Zeh. »Dann schlaf mal schön.«

»Eins musst du mir noch verraten, Emil«, sage ich, als Mama und Papa aus dem Zimmer sind. »Wie hast du eigentlich rausgefunden, dass ich Trinchen heute Morgen ins Haus geschmuggelt hab? Du konntest mich aus der Küche doch gar nicht sehen.«

»Ja, eben.« Emil kichert und im nächsten Augenblick taucht sein Kopf über der Leiter auf. »Mach mal Platz!«, sagt er und drängelt mich in die Ritze zwischen Bett und Wand. Und dann verklickert er mir schwer entzückt, was ich alles falsch gemacht hab: Zuerst bin ich gar nicht auf dem Plattenweg aufgetaucht, obwohl ich doch sonst immer die Hintertür nehme. Und später hab ich behauptet, in der Bäckerei wären bloß »irgendwelche Leute« gewesen, dabei hat unser höchsteigener Nachbar Felix eine Tüte Brötchen vom Joggen mitgebracht. »Aber bestimmt nicht so pappige«, ruft Emil und lacht sich kaputt. »Außerdem hast du gesagt, deine Strümpfe wären von gestern. Piep-piep, da hattest du doch die gepunkteten an! Die von heute waren nur so dreckig, weil du sockfuß rumgeschlichen bist. Herr Kutschenreuter hatte ja deine Schuhe dabei, als er die Erde rausgeschleppt hat. Da staunst du, was?«

»Hmm«, sage ich brummelig. »Und dann bist du mir nachgeschlichen oder wie? Bis zum Kanal?«

»Nee, ich musste ja auch rausfinden, was Herr Kutschenreuter vorhatte. Aber als du nach Hause gekommen bist und irgendwas in deinem T-Shirt gesteckt hat, bin ich heimlich hinter dir her. Bloß, ich wusste ja nicht, dass es die Stinktrine war, und als ich später selbst auf dem Dachboden nachgeguckt hab ... Weißt du ja.«

»Trotzdem ganz schön schlau«, gebe ich zu.

»Logisch bin ich schlau«, sagt Emil zufrieden. »Und soll ich dir noch was sagen?« Sein Mund kommt ganz nah an mein Ohr. »Herr Kutschenreuter ist ein Bösewicht! Wetten, der verbuddelt was? Diebesgut oder so? Darum hat der immer alle bewacht. Der musste rausfinden, ob wirklich nie ein anderer ans Beet geht. Und darum hat der mir auch keine Fingerabdrücke gegeben. Und mich aus seinem ollen Hänger vertrieben. Der will nicht, dass ich ihn abchecke. Mach ich aber wohl, ich bin ja kein Schisshase, oder, Janne?«

»Nee.« Ich schaudere. Nach allem, was heute passiert ist, kommt mir Herr Kutschenreuter auch mehr als verbrecherisch vor. »Du hast echt Mumm!«

Emil wühlt sich tief in mein Kissen. »Oh, das ist so gut«, flüstert er. »Jetzt hast du deinen Hund und ich hab meinen Banditen und alles voll geheim.« Dann ist er plötzlich still, und es dauert einen Moment, bis ich kapiere, was los ist.

»Emil«, flüstere ich, »du musst noch in dein Bett runter.« Aber es kommt keine Antwort mehr.

Ich seufze. Und während ich todmüde in der Bettritze klemme und darauf warte, dass ich auch einschlafe, horche ich auf das Gewittergrollen, das von ganz weit weg angerollt kommt. Erst langsam und leise, dann immer rumpeliger und schließlich mit Blitz und Donner und Wolkenbruch.

16. Kapitel, in dem ich erst mal gar nichts mehr weiß, aber auf einmal alles ganz logisch ist

Ich wache auf, weil es mir schlotterkalt ist. Kein Wunder! Durchs gekippte Fenster weht eine dämmerkühle Morgenluft, mein Po drückt gegen die Raufasertapete, und zugedeckt bin ich auch nicht. »Stück mal'n Rück«, knurre ich und krieche zu Emil unter die kuschelige Decke.

Doch da sitzt der kleine Drängler schon hellwach im Bett. »Los, Janne«, sagt er. »An die Arbeit! Jetzt schlafen noch alle.« Und schwups, liegt die Bettdecke auf dem Fußboden.

Ich schiele auf meinen Wecker und stöhne. Erst zehn nach fünf! Aber dann fällt mir Trinchen ein, und langsam werde ich auch munter.

»Als Erstes geh ich in den Garten«, sagt Emil, nachdem wir uns angezogen und eine Tasse Tiger-Quick runtergeschüttet haben, »und guck nach, was der Schurke vergraben hat.«

»Sei bloß vorsichtig«, flüstere ich und fülle noch schnell frisches Wasser für Trinchen in eine Plastikflasche. »Und unternimm nichts weiter, ohne mir Bescheid zu sagen.«

»Hallo?«, sagt Emil empört. »Wir sind doch ein Ti-hiiiem!«

Dann machen wir uns davon, er nach unten und ich nach oben. Und wirklich, es ist so leicht um diese Zeit! Wie nichts durchquere ich das Feindgebiet um Herrn Kutschenreuters Wohnung, und als mir dann auch noch die allererste Morgensonne durch die Dachluken entgegenscheint, könnte ich einen Luftsprung machen.

»Du liebes Trinchen«, rufe ich und reiße ganz hibbelig das Einschlupfloch vom Tipi auf. »Hast du gut ...«

Ich erstarre. Und in mir kriecht eine Kälte hoch, die ist schlimmer, als wenn man im Winter den Bus verpasst hat und zwanzig Minuten auf den nächsten warten muss.

»Da ist immer noch das Loch im Beet«, sprudelt Emil los, kaum dass er den Dachboden betreten hat. »Bestimmt ist Herr Kutschenreuter gestern nicht fertig geworden mit seinem Verbrecherkram. Das hat nämlich geregnet und alles ist Matsche und ...« Er hält inne. »Wo ist denn die Stinkerin?«

Ich antworte nicht. Mein Kopf ist leer wie eine Eiswüste. Das Einzige, was ich weiß, ist, dass Hunde keine Eisentüren öffnen können. Oder schließen. Oder Umzugskartons hin- und herschieben.

»He, du dumme Trinepopine«, ruft Emil leise. »Kannst rauskommen. Ich schrei dich nicht an, weißt du doch.«

»Nee, Emil«, flüstere ich und langsam kriechen die Gedanken in meinen Kopf zurück. »Trinchen hat sich nicht versteckt. Die muss ... die muss einer gekidnappt haben.« Ja, das ist es und ich kann nicht mal weinen vor lauter Schrecklichkeit. Gestern ist Trinchen wenigstens auf eigene Faust abgehauen. Aber nun hält sie ein grausamer Gangster gefangen, und man muss echt nicht lange grübeln, um wen es sich dabei handeln könnte.

»Du meinst?«, flüstert Emil aufgeregt.

Ich nicke düster.

Und es ist wie mit diesen 3D-Bildern, auf die man glotzt und glotzt und dabei immer nur ein langweiliges Muster sieht, doch dann entdeckt man ein Herz oder einen Stern oder einen Delfin, der durch einen Reifen springt.

Plötzlich ist alles so logisch.

»Herr Kutschenreuter hat wohl von ihr gewusst«, murmle ich. »Von Anfang an, seit Philine und ihre Eltern sie gebracht haben. Aber er hat uns reingelegt. Erst dieser Trick mit meinen Schuhen, damit ich denke, ätschibätsch, die ollen Dinger hat er entdeckt, aber Trinchen nicht. Und später, als er so unheimlich beschäftigt mit dem Unkraut war. Die ganze Zeit hat er so getan, als wüsste er von nix, und dann hat er zugeschlagen, als wir im Bett lagen.«

»Jaaa«, haucht Emil, »jaaa! Und er will, dass Mama und Papa sie freikaufen.«

»Nicht Mama und Papa«, sage ich, und nun habe ich doch so ein enges Heulgefühl im Hals. »Trinchen ist ja nicht unser Hund. Außerdem weiß Herr Kutschenreuter, dass Mama noch studiert und wir nicht so viel Geld haben. Der will ...«, ich schluchze auf, »... der will Philines Eltern erpressen. Die sind voll reich, das konnte er ja schon an ihrem Auto sehen. Und neulich hat er mitgekriegt, wie Papa sie ›Luxusleute‹ genannt hat.«

»Wie fies!«, sagt Emil. »Dann muss die Arme ja noch bis Sonntag bei ihm bleiben. Hoffentlich gibt der ihr überhaupt was zu fressen.«

Ich starre Emil an und vor lauter Grausen vergeht mir das Weinen wieder. Natürlich! Das weiß man ja aus dem Fernsehen, wie Entführer mit ihren Geiseln umgehen. Kein Fitzelchen kümmern die sich um sie. Und wenn sie ihnen zu unbequem werden, machen sie kurzen Prozess mit ihnen. Dann behaupten sie nur, die Geiseln wären noch am Leben, und kassieren hinterlistig das Lösegeld. Aber in Wirklichkeit liegen die Ärmsten längst unter der Erde und sind mausetot.

»Die Grube!«, stoße ich hervor. »Das ist es, Emil!«

17. Kapitel, in dem Emil losstürmt, um Trinchen zu retten, und ich losstürme, um Emil zu retten, aber Papa und Mama nicht mehr dazu kommen, auch loszustürmen

Noch nie, nie, nie habe ich meinen Bruder so fuchsteufelswild gesehen wie in dem Moment, als er das Fürchterliche begreift. Dagegen ist es echt Pillepalle, was er für Zustände gekriegt hat, wenn ich ihn manchmal aus unserem Zimmer geschmissen hab oder ihn Schisshase genannt oder wenn ich ihm ein bisschen unter die Nase reiben musste, dass er noch nicht lesen und schreiben kann.

»Ich haaauuu den«, zischt er so gefährlich wie eine gereizte Kobra. »Und ich fessel den und schmeiß den ins Gefängnis.« Dann schnappt er sich seinen Agentenkoffer und stapft ohne zu zögern los.

»Nicht, Emil«, rufe ich erschrocken. »Bist du wahnsinnig?«

Aber es ist schon zu spät. Ich kann nur noch wie

gelähmt zugucken, wie die Eisentür hinter ihm ins Schloss fällt, und als ich meinen zitterigen Händen endlich befehle, sie wieder aufzuziehen, höre ich unter mir schon das Gerumse.

»Aufmachen, du gemeiner Kidnapper!«, schreit Emil und hämmert mit beiden Fäusten gegen Herrn Kutschenreuters Wohnungstür. »Lass sofort die Stinktrine frei, sonst hol ich Papas Säge, dann kannst du aber mal gucken!«

Und es ist wirklich nur ein winziger Trost, dass sich in den Lärm ein leises, ängstliches Kläffen mischt. Denn kaum bin ich mit Puddingbeinen die obersten Stufen runtergetappt, steht Herr Kutschenreuter in der Tür, und er sieht nicht so aus, als würde er sich mal eben fesseln und ins Gefängnis werfen lassen. Da kann Emil sich an seinen dunkelblauen Bademantel hängen und ihn mit seinen Kleine-Jungen-Fäusten bearbeiten, so viel er will.

»Immer sachte, junger Freund«, sagt er und befreit sich mit einem einzigen, festen Griff. »Mir scheint, hier tut eine kleine Unterhaltung not.«

»J-jaaaanne!«, schreit Emil entsetzt auf.

Herr Kutschenreuter hebt den Kopf und sein Blick bohrt sich direkt in meine Augen.

»Aha, die große Schwester.«

Genau in dem Moment weiß ich, was ich machen muss. »Halt durch, Emil!«, rufe ich. »Ich hol Hilfe.« Und ich rase einfach an Herrn Kutschenreuter vorbei.

»Was is' los?«, brummt Papa ins Kissen, als ich wild an seinem Arm rüttle und ihm zum dritten Mal versuche klarzumachen, was passiert ist. Es ist kaum zu fassen, dass Eltern wie die Murmeltiere schlafen können, während ihre Kinder von lebensgefährlichen Kidnappern bedroht werden.

»Du musst kommen«, rufe ich. »Wegen Emil. Wir haben rausgefunden, dass Herr Kutschenreuter ein Verbrecher ist.«

»Kind!«, stöhnt Mama auf der anderen Seite des Bettes. »Es ist ja wirklich rührend von dir, dass du schon zu den unmenschlichsten Zeiten diesen Agentenkram mit Emil spielst, aber wenn du uns das Ganze vielleicht so in zwei, drei Stunden noch mal erzählen könntest ...«

»Neinneinnein«, wimmere ich. »Ganz in echt jetzt! Herr Kutschenreuter hat sich ihn gepackt. Zuerst hat er Trinchen vom Dachboden geraubt, und als Emil sie befreien wollte und so dolle rumgeschrien hat ...«

»Wie bitte?«

Ich weiß nicht, wer zuerst hochfährt, Mama oder Papa.

»Was hast du gerade gesagt?«, fragt Papa entgeistert. »Du hast diesen halbsenilen Dackel von deiner Freundin auf unseren Dachboden gesperrt? Das ist nicht wahr, oder?«

»Und dann hast du auch noch Emil vorgeschoben, als jemand das arme Tier ...« Mama schnappt nach Luft.

»Nein, ich ...«, rufe ich, doch da sind Mama und Papa schon aus dem Bett gesprungen und das ist schließlich die Hauptsache.

Obwohl sich die beiden ja ein bisschen anstellen, muss ich sagen. Immerhin wollen wir eine Geisel befreien!

»Zieh dir wenigstens eine Hose an, Alexander«, sagt Mama gereizt. »Diesen Mann trifft ja der Schlag, wenn jetzt auch noch zwei halb nackte Eltern bei ihm aufkreuzen!«

»Für wie blöd hältst du mich eigentlich?«, faucht Papa zurück und reißt seine Jeans von Mamas

Schreibtischstuhl. »Glaubst du, ich will noch eine Klage am Hals haben?«

Und als ich frage, ob ich bei Marc und Felix klingeln und Verstärkung holen soll, sagt Mama: »Untersteh dich!«, und Papa will wissen, ob ich überhaupt schon die Uhr lesen kann. Aber im nächsten Moment klingelt es bei uns, ganz egal, wie früh es noch ist, und Papa hechtet mit einem sehr dreckigen Fluch zur Tür. Vorsichtig lauere ich um die Ecke und huuu!, da steht Herr Kutschenreuter. Mit Trinchen an der Leine und einem total bedröppelten Emil im Schlepptau. Und es trifft diesen verbrecherischen Fiesling leider nicht das kleinste bisschen der Schlag, obwohl Papa sich noch fix den obersten Jeansknopf zumachen muss. Er wippt nur von den Fersen auf die Zehen und wieder zurück und sagt mit seiner allerhöchsten und allergruseligsten Stimme: »Entschuldigen Sie die frühe Störung!«

»Nee, nee, kein Problem«, seufzt Papa und zieht Emil über die Schwelle. »Kommen Sie doch bitte rein, Herr Kutschenreuter.«

18. Kapitel, in dem ich mich am liebsten unsichtbar machen würde

Kaum hat Trinchen eine Pfote in unsere Wohnung gesetzt, verkrümle ich mich mit ihr auf mein Bett. »Alles gut«, flüstere ich und kraule sie tröstend am Hals. »Dir kann nichts mehr passieren! Mama und Papa passen auf.«

Trinchen bohrt ihre Schnauze in mein verkrumpeltes Kopfkissen und schnauft aus tiefster Dackelseele. Und für sie ist ja auch wirklich wieder alles in Butter. Nur mir ist es immer noch ganz mulmig zumute. Natürlich bin ich heilfroh, dass Herrn Kutschenreuter die Entführerei anscheinend doch zu riskant geworden ist, jetzt, wo Emil und ich ihn entlarvt haben. Aber ich mag gar nicht darüber nachdenken, wie es nun weitergeht! Einerseits müssen Mama und Papa natürlich trotzdem die Polizei alarmieren, Gangster ist Gangster. Andererseits dürfen sie das auch wieder nicht, denn wenn die Polizei dann wissen will, wie Trinchen überhaupt auf unseren Dachboden gekommen ist ... o, là, là! Ich ziehe mir die Bettdecke wie einen Tarnmantel über den Kopf und warte auf das, was kommen muss.

Das Erste, was passiert, ist allerdings nur, dass Emil ins Kinderzimmer getrampelt kommt. »Du hast dich vertan!«, verkündet er und schleudert seinen Koffer in meine Kuscheltierecke. »Der Blödreuter ist gar kein richtiger Kidnapper.« Dann guckt er sich mit seinem Geheimagenten-Spezialblick um, bis er mich unter meinem Deckenberg entdeckt, und mault weiter: »Und er wusste auch von nix! Das ist alles nur wegen dem Gewitter gekommen. Da hat er dauernd so ein Geräusch auf dem Dachboden gehört, und als er nachgeguckt hat, war die Stinkerin da und hat ganz dolle gebellt. Die hat nämlich Angst vor Gewitter, das hab ich ja schon seit tausend Jahren nicht mehr!«

In mir fängt es an zu kribbeln wie ein ganzes Ameisenvolk. »Und dann?«, frage ich.

»Weißt du doch«, ruft Emil. »Er hat sie einfach mitgenommen! Weil er sich sofort gedacht hat, dass wir sie versteckt haben. Aber er wollte kein bisschen Lösegeld, und was zu fressen hat er ihr auch gegeben. Da konnte ich ihn ja schlecht ins Gefängnis schmeißen, den doofen Meckerreuter, oder, Janne?«

Ich hocke regungslos unter meiner Decke und die Ameisen rasen durch meinen Körper. Es gibt Dinge, die sind peinlich. Wenn man an der Tafel vorrechnen soll und keinen Plan hat, wie die Aufgabe geht, zum Beispiel. Oder wenn man auf Klassenfahrt Durchfall kriegt. Aber einen Kidnapper zu überwältigen, der gar keiner ist – das ist das Peinlichste der Welt!

»Und was sollte dann das Loch im Beet?«, frage ich. Ist ja nicht so, als wäre ich die Einzige, die Herrn Kutschenreuter verdächtigt hat. »Hattest du nicht was von Diebesgut gesagt?«

»Ich kann mich ja auch mal vertun«, antwortet Emil ärgerlich. »Da kommt nur ein oller Rosenbusch rein.«

»Mhm«, mache ich. Mehr fällt mir nicht ein.

Aber dann stehen Mama und Papa im Zimmer, und denen fällt leider eine ganze Menge ein. Da kann ich mich auf meinem Bett verschanzen und in meinen Tarnmantel wickeln, so viel ich will.

»Uns hier hemmungslos zu hintergehen!«, wettert Papa. »Ich will gar nicht wissen, was du Philines Eltern alles erzählt hast, um ohne unsere Erlaubnis dieses Hundevieh zu kriegen, Janne. Da kommt man sich ja bescheuert vor. Gleich rückst du ihre Handynummer raus, ist das klar? Damit ich die Sache abwiegeln und sofort mal fragen kann, an welche Pension wir uns wenden sollen. Mama und ich hatten schließlich nicht ohne Grund Nein gesagt.«

»Ja-a«, flüstere ich und versuche krampfhaft, nicht an Philine zu denken. Noch nicht. Erst muss ich das mit Mama und Papa hinter mich bringen.

»Dass ausgerechnet du so mit einem Hund umgehst!«, schimpft Mama weiter. »Zwischen Kartons einkeilen und sich selbst überlassen! Das ist Tierquälerei, Janne, ist dir das eigentlich bewusst?«

»So war es ja nur nachts«, murmle ich. »Tagsüber konnte sie immer raus aus ihrem Tipi und auf dem Dachboden rumwuseln.«

Mama schnaubt. »Das ist auch nicht weniger verantwortungslos. Stell dir mal vor, jemand wie Frau Jacobi hätte zufällig die Tür geöffnet und Trinchen wäre ausgebüxt. Dann wär aber die Kacke am Dampfen gewesen!«

»Ha-ha«, ruft Emil, »die Kacke! Die war ja auch am Dampfen«, aber ausnahmsweise beachtet ihn mal niemand. Mama drückt ihn nur die ganze Zeit so an ihre Beine, als müsste sie ihn vor irgendwas beschützen.

»Da hast du echt Glück gehabt, dass unser aufmerksamer Nachbar Kutschenreuter«, Papa zieht seine Augenbrauen hoch, »gestern Abend so schnell reagiert und diese altersschwache Töle vor dem Nervenzusammenbruch bewahrt hat! Dabei ist er für solche Überraschungen eigentlich gar nicht der Typ. Und schon gar nicht für Überfälle wie vorhin.

Wir konnten es nur grade eben hinbiegen, dass er die Geschichte nicht dem Vermieter meldet.«

»Ich dachte ...«, sage ich, aber da legt Mama wieder los.

»Darüber kann ich mich sowieso am allermeisten aufregen!«, faucht sie mich an. »Dass du deinen kleinen Bruder mit einer haarsträubenden Räuberpistole köderst, damit er Trinchen zurückholt und dir eine Blamage erspart. Obwohl du ganz genau weißt, wie sehr er sich vor Hunden fürchtet. Das hätte ich echt nicht von dir gedacht, Janne.«

Als ich das höre, schwappen mir die Augen über, so scheußlich komme ich mir vor. Da wollte ich ein einziges Mal in meinem Leben einen Hund haben, und nun das ganze Elend! »Entschuldigung«, schluchze ich, »Entschuldigung!«

»Bäh, seid ihr aber ungerecht«, sagt Emil da und macht sich von Mama los. »Guckt mal, wie Janne weint! Und ich krieg gar keine Schimpfe. Dabei hab ich zuerst gewusst, dass Herr Kutschenreuter ein Bösewicht ist, ich war ja der Aufpasser. Und die Trine hab ich ganz von selbst gerettet, jawohl! Bloß hat die jetzt schon wieder Angst vor mir, weil ich so gefährlich geschrien hab.« Er klettert zu mir aufs Doppelstockbett und patscht versöhnlich auf Trinchens rechtes Vorderbein. G wie »Gib-Pfötchen-Spielen« soll das vielleicht darstellen oder B wie »Ballen-kitzeln«.

»Jetzt schimpft doch schon!«, sagt er dann.

Aber im Kinderzimmer ist es auf einmal mucksmäuschenstill. »Moment mal«, sagt Mama schließlich. »Können wir vielleicht noch mal von vorne anfangen?«

19. Kapitel, in dem wir eine Erste-Hilfe-Tour starten, Mama mich »eine kleine Schusselsuse« nennt und Papa keine Lust hat zu telefonieren

»Aber eigentlich bist sowieso du schuld, Papa«, sagt Emil, als wir nach einem Blitzfrühstück in unserem klapprigen Golf sitzen und in den Harz losgurken.

Nachdem Emil und ich alles erzählt hatten, von Anfang an und ganz ohne Schummelei, hat Mama nämlich gesagt, wir müssen dringend raus und unsere Hirne belüften. Damit wir alle ein paar Dinge überdenken können.

Papa hat genickt und gemeint, der Harz ist grün und Grün beruhigt, und deshalb sollten wir vielleicht sofort und auf der Stelle unsere Ausflugstour machen.

Sozusagen als Erste-Hilfe-Maßnahme. Und weil heute eh keiner den Kopf freihat für irgendwas anderes.

»Wieso ist denn jetzt plötzlich Papa schuld?«, fragt Mama und trommelt mit den Fingern aufs Steuer. »Muss ich das kapieren?«

»Erstens! Er hat mir nicht geglaubt, dass Philines Mutter neulich mit ihm telefonieren wollte und nicht mit Janne«, sagt Emil. »Und zweitens! Er hat immer gesagt, ich soll Herrn Kutschenreuter abchecken.«

»Das war doch nur Spiel und Spaß«, seufzt Papa. »Hast du das wirklich nicht verstanden, Emil, oder tust du jetzt nur so scheinheilig? Wenn einer etwas, ähm, wunderlich ist, muss er noch lange kein Verbrecher sein, ja? Herr Kutschenreuter ist überaus bemüht, dass in unserem Haus alles seine Ordnung und Richtigkeit hat.« Und er guckt angestrengt aus dem Fenster.

»Ich finde es noch viel erstaunlicher, dass Janne sich von diesen Fantasien hat anstecken lassen«, sagt Mama und mustert mich im Rückspiegel. »Manchmal bist du ja doch noch eine kleine Schusselsuse! Etwas mehr Vernunft hätte ich dir wirklich zugetraut.«

Ich kraule Trinchen, die zu meinen Füßen auf der Matte liegt, und antworte nicht. Eigentlich möchte ich Mama ja sagen, dass ich ganz gern mal eine kleine Schusselsuse bin. Weil ich es nämlich anstrengend finde, immer eine große, vernünftige Schwester zu sein. Aber ich glaub, das hat sie schon von selbst geblickt. Und da ist eine andere Sache, die muss ich zuallererst loswerden. »Du, Papa ...« Ich zupfe einen zerknitterten Zettel aus meiner Hosentasche und reiche ihn nach vorne. »Hier, wolltest du ja haben. Aber du musst 0049 vorwählen.«

Eine ganze Weile sagt Papa nichts. Dann dreht er sich zu mir um. »Weißt du, wozu ich gerade überhaupt keine Lust mehr hab, Janne?«, fragt er.

Mein Herz fängt an zu klopfen.

Papa reicht mir den Zettel zurück. »Diese Luxusleute in ihrem Luxusparis anzurufen und mir ihr Luxusgerede anzuhören. Sorry!«

Mir wird es ganz schwindelig im Kopf, das kann aber auch daran liegen, dass wir jetzt auf der Autobahn sind und Mama so rast. »Und Trinchen?«, murmle ich. »Und die Hundepension?«

»Na, das Problem hat sich ja offenbar erledigt.« Papa betrachtet Emil, der sich dauernd in seinem Kindersitz vorbeugt und mit dem Zeigefinger gegen Trinchens Schlappohr tippt. »In dieser Hinsicht hälten wir wohl besser vorher auf Janne gehört, was, Sonja?«

»Dafür, dass Emil es mit einem lebendigen Dackel in unserer engen Karre aushält, hätte sie tatsächlich einen Orden verdient«, sagt Mama und überholt mit Vollgas einen A-Klasse-Mercedes. »Wenn sie sich nur nicht so unglaublich danebenbenommen hätte!«

Da wird Emil munter. »Wieso denn Janne?«, ruft er. »Den Orden muss ich doch kriegen! Aus Schokolade.«

»Du hast dich auch zu sehr danebenbenommen«, erwidert Papa ganz streng. »Keine Chance, Herr Agent!«

Emil und ich gucken uns an und zucken die Achseln.

20. Kapitel, in dem Papa mich verhohnepipelt, Trinchen eine Rose wässert und Herr Kutschenreuter aussieht wie ein Pudel

»Und wo ist jetzt hier die Sommerrodelbahn?«, frage ich, nachdem wir auf einem Schotter-Parkplatz angehalten haben. Meine Beine sind schon ganz steif und ich muss erst mal zehn Hampelmannsprünge machen.

»Wer redet denn hier von der Rodelbahn?«, fragt Mama und klappt den Kofferraum auf. »Da könnten wir ja gleich ins Disneyland fahren und den Mickymäusen zuwinken. Wir ...«

»Müssen wir etwa wandern?«, unterbricht Emil sie entsetzt.

»Na klar!« Papa zwickt mich ganz leicht in den Nacken. »So macht man es, wenn man mit einem Hund in den Harz fährt und sich besinnen will, nicht wahr, Janne?«

»Aber«, sage ich und in mir breitet sich so ein

blödes enttäuschtes Gefühl aus. »Philines Eltern …« Ich senke den Kopf. Nein. Das wäre echt unfair von mir.

Doch Emil sieht es selbst heute nicht so eng mit dem Gemecker und das ist ja vielleicht auch mal ganz praktisch. »Dann will ich wieder nach Hause«, mault er. »Ich will meine Sachen haben und spielen. Ich will nicht rumlatschen.«

»Hm, hm, hm.« Papa streicht sich grübelnd über sein unrasiertes Kinn. »Zufälligerweise weiß ich, dass auf der anderen Seite vom Parkplatz der Eingang zu einer Tropfsteinhöhle liegt. Dahin könnten wir natürlich einen Abstecher machen, nur fürchte ich, diese wenig tapfere Dackellady zu meinen Füßen mag es nicht gern dunkel und kalt.«

»Höhle?«, frage ich und beiße mir auf die Lippen.

»Höhle?«, schreit Emil. »Da will ich rein! Da sind bestimmt geheime Schätze drin von Räubern und Banditen.«

Papa legt den Kopf schief und guckt mich an. »Na, Fräulein Hundehüterin? Irgendeine Idee?«

»Vielleicht kann ich ja solange mit Trinchen draußen warten«, murmle ich. Wenn man immer und immer behauptet hat, man kann alleine für einen Hund sorgen, und darf endlich einen haben, wenn natürlich auch nur für vier Tage, dann muss man wohl auch mal auf andere gute Sachen verzichten. Da hilft alles nichts.

»Oooh!«, ruft Emil. »Janne soll aber mit.«

»Jetzt sei nicht so ekelhaft, Alexander«, sagt Mama da und fischt Emils und meine Winterjacken aus dem Kofferraum. »Irgendwann reicht's ja mal!« Dann knallt sie die Heckklappe zu und dreht sich auf dem Absatz um. »Lass dich nicht verhohnepipeln, Janne. Papa ist insgeheim schon ganz scharf drauf, Trinchen näher kennenzulernen.«

»Ja, Papa?«, sage ich verblüfft. »Echt?«

Aber Papa dreht mir schon den Rücken zu. »Na, dann komm, du alte Trulla«, sagt er und klopft Trinchen auf die Seite. »Sollen die drei sich doch in dem dunklen Loch vergnügen. Wir unternehmen was auf eigene Faust.«

»Jaaanne! Wir sind wieder da-ha!«

Ich werde davon wach, dass Emil mir in den Arm kneift. Irgendwie muss ich auf der Rückfahrt eingeschlafen sein und das ist ja eigentlich auch kein Wunder. Die Nacht war so kurz und vom Wandern sind Emil und ich doch nicht ganz verschont geblieben. Darauf haben Mama und Papa nach der Höhlenbesichtigung bestanden. Wegen dem Grün. Und wegen der Hirnbelüftung. Aber Papa hat Emil im Wald einen Flitzebogen gebastelt, und Mama hat mir ganz viel von früher erzählt und wie grässlich sie es fand, eine kleine Schwester zu sein, weil ihr Bruder Sven immer alles bestimmen wollte und tausendmal mehr durfte als sie, und einmal hat er sogar versucht, sie in den Wäscheschacht im Haus von Uroma Irmgard zu stecken. Da war das Besinnen zum Glück nicht so anstrengend. Nur das viele Laufen.

»Guck mal, der neue Busch ist da«, sagt Emil, als ich ganz verschlafen neben ihm den Gartenweg entlangtappe. »Hihi, die Stinktrine gießt ihn schon mal ordentlich.«

Ich gucke auf, und Hilfe!, im selben Moment

erscheint Herr Kutschenreuter wie ein Geist auf der Kelleraußentreppe. »Dass alles seine Richtigkeit und Ordnung hat.« Schön und gut, aber unheimlich ist mir dieser Nachbar trotzdem.

»Ich hoffe, Sie haben sich von den morgendlichen Strapazen erholt?«, ruft Mama in seine Richtung. Und als er nicht antwortet, fügt sie hinzu: »Hübsche Rose, übrigens.«

»Eine Gloria Dei«, erwidert Herr Kutschenreuter knapp.

»Donnerwetter! Sie haben ja einen grünen Daumen«, sagt Papa, aber dann verschluckt er sich und kriegt einen Hustenanfall.

Herr Kutschenreuter starrt auf Trinchen, die sich nach dem Pinkeln zufrieden reckt und streckt und ein bisschen mit den Hinterpfoten in der Erde scharrt. »Der Hund sollte sie nicht als Klosett benutzen«, sagt er. »Und wilde Ballspiele verträgt sie selbstredend auch nicht.«

Mama atmet tief durch. »Janne und Emil passen auf, nicht wahr?«, sagt sie und knufft mir in den Rücken.

»Äh, klar.« Sofort nehme ich Trinchen auf den Arm.

»Und jetzt entschuldigen«, flüstert Mama. »Alle beide!«

Mein Mund wird ganz trocken. Uns bleibt aber auch nichts erspart. »Also«, krächze ich, »wir wollten Ihnen noch sagen ...« Weiter komme ich nicht. Meine Zunge ist ein einziger Pelzklumpen.

Doch da hüpft Emil zu Herrn Kutschenreuter rüber, als wäre es nichts. »Tut uns leid, dass du kein Bösewicht bist«, sagt er und tätschelt ihn mit seiner kleinen, schmutzigen Hand. »Sondern nur ein bisschen wunderlich.«

Und mit einem Mal sieht Herr Kutschenreuter aus wie ein begossener Pudel. Na ja, nicht ganz so süß. Aber so, dass der ganze Schauder von mir runterrieselt.

21. Kapitel, in dem ich etwas Wichtiges sagen muss und Emil mir beinah alles versemmelt

Am Sonntag kriege ich beim Mittagessen nichts runter, dabei gibt es Pfirsich-Gries-Auflauf, und der ist nach Lasagne mein zweitliebstes Lieblingsessen. »Hab keinen Hunger«, sage ich und stehe ohne zu fragen auf. Und während ich mit Trinchen am Schlafzimmerfenster auf Philine und ihre Eltern warte und meine Nase tief in ihr struppiges Fell bohre, wird es mir immer grummeliger im Bauch.

Irgendwann steckt Papa den Kopf durch die Tür. »Na, Süße«, sagt er und grinst mich an. »Muffensausen?«

»Alexander!«, sagt Mama streng und schiebt sich an ihm vorbei ins Schlafzimmer.

Ich schiele zu ihr rüber,

aber sie setzt sich nur an ihren Schreibtisch und fängt an, in ihren Unterlagen zu lesen.

Da halte ich es nicht mehr aus. »Sagt ihr es ihnen?«, flüstere ich und lasse Trinchen auf den Boden runter, weil sie von meinem Gedrücke leider schon ganz hibbelig wird. »Papa und du? Um die Sache abzuwiegeln und so?«

Mama schaut auf. »Ach, weißt du, Janne«, sagt sie, »für uns ist es nicht so wichtig, was diese Leute denken. Ist schon okay, wenn sie uns weiter für bekloppt halten. Gut?«

Ich nicke. Eigentlich müsste ich jetzt froh sein, glaub ich. Auch wenn es mir für meinen Teil ganz und gar nicht egal ist, was andere Leute über Mama und Papa denken. Besonders Philines Eltern. Bloß ... »Du, Mama«, sage ich und beobachte, wie Trinchen nach zwei Fehlstarts aufs Doppelbett springt und sich ein Nest in Papas Kopfkissen wühlt, »ist doch richtig, dass ich Philine auch nix verrate? Ich lüg sie ja nicht an, wenn ich nur was weglasse beim Erzählen, oder?«

»Das müsstest du eigentlich selbst am besten wissen«, sagt Mama. »Sie ist ja deine Freundin, nicht meine.« Dann beugt sie sich wieder über ihre Zettel.

Ich lehne meinen Kopf an die Scheibe und seufze tief.

»Wir möchten Sie gar nicht lange aufhalten«, sagt Philines Mutter, als sie mit Philines Vater vor unserer Wohnung steht und Philine sich mit einem Juchzer auf Trinchen stürzt. »Wir wissen ja, wie eingebunden Sie zurzeit sind.«

Mama winkt ab. »So schlimm ist es nun auch wieder nicht«, sagt sie, obwohl sie eben noch gestöhnt hat, dass ihr eingerostetes Gedächtnis schon völlig überstrapaziert ist. »Unsere Janne übertreibt manchmal ganz gern.«

»Auf einen Kaffee bleiben Sie doch zumindest?«, fragt Papa und schielt auf Philines iPod, der ein Stück aus ihrer Hosentasche guckt. »Bisschen von Paris erzählen und so?«

»Au ja, Mama, Papa!«, ruft Philine begeistert. »Ihr müsst euch ganz lang unterhalten.« Dann nimmt sie Trinchen auf den Arm und strahlt mich an. »Los, Janni, wir verduften!«

Ich nicke und schlurfe hinter ihr her ins Kinderzimmer. Und in meinem Hals ist ein Kloß, der hängt nicht nur damit zusammen, dass Trinchen so doll mit dem Schwanz wedelt und Philines Gesicht abschleckt und kein bisschen zu mir guckt. Denn mit einem Mal weiß ich, dass ich nicht drumrum komme. Ich muss es Philine sagen, egal, was passiert. Sonst bin ich die mieseste Beste-Freundin im ganzen Weltall.

»Na, Philine«, beginne ich vorsichtig. »Bist du froh, dass du Trinchen wiederhast?«

Rums, da fliegt die Tür auf und Emil platzt ins Zimmer. »Ey, ich will mitspielen«, ruft er. »Was woll'n wir machen?«

Nee, oder?

»Hi, Emil«, sagt Philine. »Keine Angst mehr vor Hunden?«

»Pöh!« Emil tippt sich an die Stirn. Dann guckt er sich um, bis sein Blick an seinem zugemüllten Basteltisch kleben bleibt. »Ach ja«, ruft er und grapscht sich das Stempelkissen, »ich hab ja noch gar nicht eure Fingerabdrücke. Gib mal deinen Daumen, Janne, du musst den so ...« Und er zupft und drückt an meiner Hand, als wäre sie das Euter von einer Kuh.

Da krieg ich zu viel. Vielleicht ist es gemein nach allem, was gewesen ist. Aber ich möchte hier ein hochwichtiges Gespräch führen und Emil will – Fingerabdrücke. »Lass mich los, Mann!«, motze ich ihn an. »Kann ich vielleicht mal mit Philine allein sein, wenn wir uns tagelang nicht gesehen haben?« Und ich schüttle ihn ziemlich unsanft ab.

»Mamaaa! Papaaa!«, brüllt Emil los. »Janne hat mich einfach so ›dschschsch‹! Und die will mich wieder rausschmeißen.«

Keine fünf Sekunden später steht Papa in der Tür. Na toll, jetzt kommt bestimmt wieder die Ich-weiß-ja aber Nummer, die hab ich ja schon fast vermisst.

Doch da winkt Papa Emil zu sich. »Psst! Geheimtipp«, zischt er ihm lautstark ins Ohr. »Ab und zu solltest du deiner V-Frau eine Auszeit gönnen, sonst ...« Er rollt mit den Augen. »So ist das nun mal mit den Damen der Schöpfung. Glaube deinem erfahrenen Vater.«

Wow!

»Wenn's unbedingt sein muss«, sagt Emil maulig.

Wow, wow, wow!

Bevor noch jemand seine Meinung ändert, springe ich auf und will die Tür zuballern, aber Papa stellt schnell seinen Fuß dazwischen. »Das ist trotzdem nicht besonders nett«, sagt er und runzelt die Stirn. »Sucht euch doch einfach ein anderes Plätzchen, Mädels!«

Und im selben Moment weiß ich es. Natürlich!

22. Kapitel, in dem es um das Glück geht, eine beste Freundin zu haben – und einen kleinen Bruder

»Voll urig«, ruft Philine auf dem Dachboden. »Wusste ich gar nicht, dass du dir hier eine Hütte gebaut hast.«

»Hab ich ja auch erst vor ein paar Tagen«, sage ich und das Herz klopft mir bis in die Fingerspitzen.

»Geil! Hier würde ich auch immer spielen.« Philine schmeißt sich in ihrer weißen Frühlingshose auf den Schmuddelboden und kriecht ins Tipi. »Trinchen hattest du auch schon mal mit, stimmt's? Hier liegt noch was.« Sie winkt mit einem Hundekeks aus dem Einschlupfloch und ruft: »Happa-happa!«, doch die Dackelin bleibt wie festgenagelt vor der Eisentür stehen und fiept leise vor sich hin.

Da gebe ich mir einen Ruck. »Ich glaub, Trinchen will da nicht mehr rein«, murmle ich und quetsche mich zu Philine. »Das war nämlich so.« Und ich hole tief Luft.

Je länger ich erzähle, desto grimmiger sieht Philine aus.

»Du hast sie hier oben versteckt?«, ruft sie. »Und dann war sie zwei Mal weg?«

»Ich konnte ja nicht ahnen, was alles passiert«, sage ich entschuldigend. Wenn Philine nur begreift, dass ich immer bloß das Beste für Trinchen wollte! »Du kannst dir gar nicht vorstellen, wie Emil und ich nach ihr gesucht haben! Und dauernd Wache geschoben. Und im allerfrühsten Morgengrauen gegen Herrn Kutschenreuter gekämpft.«

»Gegen den grausamen Kidnapper«, grollt Philine. »Der sie um ein Haar ...«

»Neinneinnein!« Ich streichle besänftigend über ihre Hand. »Trinchen war doch nicht echt in Gefahr, das haben wir ja nur gedacht. Er hat sich ganz gut um sie gekümmert.«

Aber Philines Gesicht wird immer finsterer, und das kann ja nur heißen, dass ich unsere Freundschaft auf ewig verspielt hab. »Das ist sooo ...«, schreit sie, doch plötzlich ist es, als würde ganz viel heiße Luft aus ihr rauszischen.

»Philine?«, frage ich unruhig. »Was ist denn?«

Und da guckt sie mich so beste-Freundinnen-mäßig an, dass sich endlich der Klumpen löst, der die ganze Zeit in meinem Hals gedrückt hat wie ein verklemmtes Hustenbonbon. »Hattest du es aber spannend, Janni, du Schuft«, seufzt sie. »Mit Emil und mit meiner Dackelin! Und ich war nur in Paris.«

»Du warst doch sogar im Disneyland«, sage ich verdutzt. »Und auf dem Eiffelturm.«

»Ja, klar, das war ja auch ganz lustig. Aber ständig die Erwachsenen auf der Pelle – ›Hier, Philine, da, Philine, schüttel Captain Hook doch mal die Hakenhand!‹ – ist doch megapeinlich! Und abends immer im Hotelrestaurant rumsitzen und sich gut benehmen ...« Philine schüttelt sich. »Einmal bin ich einfach nicht vom Klo zurückgekommen, sondern hab mich versteckt und lauter feine Pinkel erschreckt, aber das hat's voll nicht gebracht allein. Und hinterher haben sich alle total aufgeregt.«

»Oh«, sage ich. So langweilig hätte ich mir Philines Wochenende im Leben nicht vorgestellt. Obwohl, wenn man bedenkt, dass sie nie ein anderes Kind dabeihat, wenn sie mit ihren Eltern unterwegs ist ... Da hab ich ja doch ganz schön Glück mit meinem Bruder. Natürlich ist er noch ein kleiner Pupser und manchmal nervt er unheimlich. Aber wenn's drauf ankommt, ist er richtig super.

Plongbumm!, in dem Moment kracht es gegen die Eisentür, als würde eine ganze Armee anrücken. »Jaaanne, Philiiine! Keine Angst, ich stör euch nicht. Ich soll euch nur suchen und sagen, Philine muss fahren und Dings, äh, Cello üben.«

Philine schneidet eine Grimasse. Dann legt sie den Finger auf die Lippen, als könnte sie Emil damit reinlegen und noch ein bisschen Spielzeit raushauen, aber man merkt, da kennt sie ihn schlecht.

Denn nun reißt er die Tür natürlich doch auf, und als ich den Kopf aus dem Tipi stecke, steht er ganz erschrocken da und schimpft: »He, du alte Stinkerin, musst du mir immer so entgegenspringen?« Und ich sehe gerade noch, wie Trinchen im Dackeloma-Weltrekordtempo ins Treppenhaus entwischt.

»Nicht schon wieder«, stöhne ich.

»Alle Mann hinterher«, brüllt Philine begeistert.

Aber da ist Emil sowieso schon losgewetzt.

23. Kapitel, in dem Papa nicht »Nein« sagt und ich nicht »Ja«, Emil und ich uns aber trotzdem nicht in die Wolle kriegen

Zehn Minuten später stehen Mama, Papa, Emil und ich im Hauseingang und gucken zu, wie der anthrazitfarbene A8 mit Trinchen an Bord um die Ecke verschwindet.

»Ha«, ruft Emil. »Ich hab sie eingefangen.«

»Das war ja noch was«, sagt Papa kopfschüttelnd. »Die alte Lady hatte es offenbar eilig, in ihr geruhsames Zuhause zurückzukommen. Was diese Luxusleute jetzt bloß wieder denken mögen?«

Er zwinkert mir zu.

»Obwohl, so vernagelt, wie ich dachte, sind die ja überhaupt nicht.«

»Und?«, fragt Mama mich. »Traurig?«

Ich spüre in meinen Hals, aber das Drücken ist nicht wiedergekommen. »Trinchen ist ja nicht mein Hund«, murmle ich. »Und Philine braucht sie dringend selbst, weißt du? Die hat ja sonst nur langweilige Erwachsene.«

»Hey«, sagt Mama. »Du bist ja doch vernünftiger, als ich in letzter Zeit ...«

Sie hat noch nicht ausgesprochen, da zischt mir ein wunderbarer Sternschnuppengedanke durch den Kopf. »Ihr könnt mir ja einen eigenen Hund schenken«, schreie ich. »Zu meinem neunten Geburtstag! Das geht doch jetzt, und ich verspreche auch, dass ich mich immer um ihn kümmere.«

»Oh, Janne«, stöhnt Papa. »Hört das denn nie auf?« Dann jagt er mich die ganze Treppe hoch, bis ich kaum noch Luft kriege. Aber »Nein« sagt er nicht. Zumindest nicht direkt.

»Na, endlich«, sagt Emil oben im Kinderzimmer, als ich meine kohlschwarzen Fingerspitzen an seinem T-Shirt abrubble, das war sowieso schon ganz vollgesaut. »Guck mal, wie viele Fingerabdrücke ich jetzt hab! Die tupfigen sind von Philines Mama und die bollerigen von Philines Papa, und den da, hihi, den hab ich dem Blödreuter abgeluchst, als du mit Philine auf dem Dachboden warst. Ich hab nämlich durch den Spion gesehen, wie er an unserem

Gummibaum rumgefummelt hat. Da bin ich zu ihm raus und hab gefragt, ob sein Daumen ganz in echt grün ist, und, hihihi, als er ihn mir gezeigt hat, hihihihi, war ich blitzschnell.«

Emil kichert wild vor sich hin und ich kichere mit.

Dann fängt er an, die Fingerabdrücke zu zählen, aber irgendwo um die dreißig verhaspelt er sich und muss wieder von vorne anfangen, und da beschließe ich, dass meine Hände nun sauber genug sind, und setze mich an meinen Schreibtisch.

Ein bisschen traurig ist es ja schon, wie meine Hundebilder dort rumliegen: der Labrador, der Riesenschnauzer, der Bassett Hound mit den süßen Triefaugen und all die anderen. Man könnte fast wieder Lust kriegen ... irgendwann ... an einem ungestörten Plätzchen ...

»Was machst du da?«, fragt Emil. Das Zählen hat er offenbar vertagt. »Bastelst du etwa wieder dein doofes Leseschreibehundezeugs? Kann ich wenigstens mitmachen?«

»Nee, kannst du nicht«, sage ich bestimmt und lege die Bilder und die Karteikarten, den Klebestift und meinen lila Glitzerkuli in einen alten Schuhkarton. »Das ist Große-Schwester-Privatkram, verstanden? Aber ich bring die Sachen jetzt eh nur kurz in mein Tipi hoch.«

»Na guuut«, brummelt Emil. Dann guckt er mich bettelnd an. »Aber danach machen wir was, ja? Kleine Spährunde drehen vielleicht? Im Garten ist es jetzt wieder sooo langweilig, und woanders darf ich nicht allein.«

»Können wir machen«, sage ich großzügig. Sonntags gegen fünf trifft man draußen ja immer ganze

Rudel von Hunden. Und, nun ja, bestimmt wird es auch sonst ganz lustig mit Emil.

»Vielleicht finden wir einen Bösewicht«, ruft er und strahlt wie ein Weihnachtsbaum mit 100er-Kette. »Den fessel ich dann und schmeiß den ins Gefängnis.«

Da muss ich den Schuhkarton doch noch mal abstellen.

»Weißt du, was du bist, Emil?«, sage ich, und ehe er sich wehren kann, kitzle ich ihn von oben bis unten durch. »Der größte Angeber aller Zeiten!«

© Privat

Nikola Huppertz

Nikola Huppertz wurde 1976 in Mönchengladbach geboren. Sie hat Geige in Duisburg und Psychologie in Berlin studiert. Schon als Kind hat sie gern Geschichten erfunden. Ihr erstes Buch erschien 2009, seitdem hat sie viele weitere Kinderbücher veröffentlicht. Als freie Autorin lebt sie mit ihrer Tochter und ihrem Sohn in Hannover.
www.nikola-huppertz.de

© Privat

Michael Bayer

Michael Bayer wurde 1971 in Friedrichshafen am Bodensee geboren. Er hat Visuelle Kommunikation in Münster studiert. Nachdem er den Abschluss als Diplomdesigner erworben hat, arbeitete er einige Zeit bei einer Werbeagentur. Heute ist er freiberuflicher Illustrator.

Mareike Krügel
Zelten mit Meerschwein

Mit Bildern von Nele Palmtag
Roman, 158 Seiten (ab 8), Gulliver TB 78993
Ebenfalls als E-Book erhältlich (74926)

Anton hat schon länger das Gefühl, dass alles den Bach runtergeht. Und jetzt sind auch noch die geplanten Sommerferien mit Papa geplatzt. Doch Antons Mama hat die rettende Idee: Kurzerhand schlagen sie ihr Zelt mitten im Wald auf. Meerschweinchen Pünktchen ist natürlich auch dabei. Die Tage vergehen wie im Flug – bis die rotzfreche Liane auftaucht. Erst als Pünktchen und dann auch noch Mama verschwindet, ist Anton ziemlich froh, dass er auf Liane zählen kann.

Taran Bjørnstad / Christoffer Grav
Der Krokodildieb

Aus dem Norwegischen von Maike Dörries
Mit Bildern von Christoffer Grav
128 Seiten (ab 8), Gulliver 74905
Ebenfalls als E-Book erhältlich (74878)
Nominiert für den Deutschen Jugendliteraturpreis

Den Schulausflug ins Aquarium findet der schüchterne Odd ein bisschen gruselig. Er könnte von einem Hai gebissen oder von einer Schlange erwürgt werden! Doch dann trifft er den coolen, tätowierten Tierpfleger Rolf, der Würgeschlangen und Krokodile wie Kumpel behandelt. Da ist Odd klar: Er braucht ein Krokodil zum Freund. Es könnte den Sportlehrer in den Hintern beißen und zusammen würden sie es allen zeigen. Also schmuggelt er kurzerhand einen Zwergkaiman mit nach Hause …

Oliver Uschmann/Sylvia Witt

Lange Krallen.
Leonie und ihr Kater auf heißer Spur

Mit Bildern von Timo Grubing
Roman, 116 Seiten (ab 10), Gulliver HC 81276
Ebenfalls als E-Book erhältlich (81277)

Leonie ist sich sicher: Ihr Kater Bobby war in einem früheren Leben ein Wachhund. Daher kommt seine besondere Nase für Verdächtiges. Bobby kann zwar nicht sprechen, Leonie versteht ihn trotzdem. Aber warum knurrt er immer, wenn die neuen Nachbarn in der Nähe sind? Das ist doch eine ganz harmlose Familie. Nur übertrieben ordentlich und immer nachts unterwegs. Irgendetwas stimmt da doch nicht. Leonie will es ganz genau wissen …

Stephan Knösel

Master of Disaster:
Chaos ist mein zweiter Name

Mit Bildern von Barbara Jung
Roman, 232 Seiten (ab 10), Gulliver TB 78700
Ebenfalls als E-Book erhältlich (74927)

Quentin bekommt die Vollkrise: Stella, seine Erzfeindin aus der Grundschule, taucht unerwartet in seiner neuen Klasse auf der weiterführenden Schule auf. Ein Masterplan muss her, denn Quentin wird es keine Woche mit ihr aushalten! Tatkräftig unterstützt von seinem jüngeren Bruder Vincent folgt eine Flut von fiesen Streichen. Doch weder fiktive Liebesbriefe, eklige Spinnen noch eine Überschwemmung des Schulhofs vertreiben Stella. Und dann dreht Stella den Spieß um … für Quentin wird es eng!